크리스티아나
Christiana

"하지만 기사 학교를
나온지 얼마 안 된 병아리들을
바로 실전에 투입하는 건 너무 심해."

"실전을 경험하지 않은 기사 따위는
도움이 되지 않습니다."

클로디아
Claudia

"어? 으, 음?"

몰리가 안겨서 호의를 표하니
엠마는 어째서인지 기뻐서 눈물이 날 것만 같았다.

엠마
Emma

AG003-M114R

아탈란테

ATALANTE

CONTENTS

나는 성간 국가의 영웅 기사!

I am the Heroic Knight of the Interstellar Nation

➤ 미시마 요무 ◄

illustration
➤ 타카미네 나다레 ◄

커버 그림, 본문 일러스트 | **타카미네 나다레**

지름 10km 규모의 어느 떠돌이 소행성.

이 소행성에는 자원을 채굴하면서 만든 갱도가 여럿 남아있다.

갱도의 길이는 제각각이었으며, 가장 긴 곳은 수백여 미터에 달했다.

자원 채굴이 끝나자 제국군은 이곳에 군사시설을 짓고 소행성을 무장하여 군사 기지로 삼았다.

그리고 현재, 이 군사 기지의 무중력실에 새 기사복을 입은 젊은이들이 모여있었다.

무중력 상태이기에 젊은이들은 자력이 있는 신발로 바닥과 벽, 그리고 천장에 달라붙어 있었다.

방의 중앙에는 번필드가를 대표하는 기사의 입체 영상이 크게 투영되고 있었다. 위압감을 주고자 실물보다 크게 투영한 것이다.

영상 속 인물은 몸짓까지 해가며 말을 이어갔다.

『가혹한 훈련을 견디고 이날을 맞이한 제군들에게 경의를 표한다. 그대들은 오늘부터 번필드가의 기사다.』

번필드가── 성간 국가 알그란드 제국 알바레이트 왕조에 속한 백작가는 행성을 여럿 소유한 대귀족이다.

번필드가는 현재 내부적으로 기사 육성에 힘을 쏟고 있으며, 영지 곳곳에 기사 학교를 운영하고 있다. 요새 안에 있는 이 기사 학교 또한 그중 하나다.

이유는 물론 인재 육성이다.

이곳은 성간 국가의 세계지만 전근대적인 가치관이 짙은데, 번필드가는 큰 규모가 무색하게도 가신이 없었다.

본래 가신이란 대대로 주인을 섬기는 법이지만, 번필드가에는 그럴 수 없는 사정이 있던 탓이다.

하지만 이제는 다르다. 이곳에 모인 천여 명의 젊은이들이 오늘부터 기사가 되어 번필드가를 섬길 것이다.

기사는 군인과 전혀 다른 존재이다.

기사 육성은 일반 병사의 수십 배에 달하는 시간과 돈이 들어가며, 어릴 적부터 체계적으로 육체 강화를 받아 초인적인 육체를 만든다.

만약 이미 성장이 끝난 어른이라면 육체 강화를 받아 초인이 되는 건 지극히 어려운 일이다. 불가능한 일은 아니지만, 노력한 만큼 결과가 따라주지 않는다. 특수한 훈련을 거쳐도 아슬아슬한 수준이리라.

이렇듯 육성이 어렵기에 제국을 비롯한 성간 국가에서는 기사를 우대한다.

이곳에 모인 젊은이들도 대부분 학생 같은 외모였다.

다만 이곳은 성간 국가의 기술이 존재하는 세계── 외모와 나이의 관념이 반드시 일치하지는 않는다.

아직 학생 같은 외모지만 실제 나이는 50세를 넘었다.

인간의 평균 수명이 그만큼 긴 것이다. 이들도 이 세계에서는 아직 어린 편이었다.

　그 젊은이들 속에서도 유독 앳되어 보이는 소녀가 있었다.
　그녀의 이름은『엠마 로드먼』.
　보브컷에 진한 갈색 머리카락, 커다란 눈동자와 사근사근한
인상.
　평범한 키와 손바닥에 딱 들어올 법한 가슴을 가졌지만, 하반
신에는 약간 살집이 있었다. 특히 엉덩이와 허벅지가 발달했는데,
이는 엠마가 신경 쓰는 부분이었다.
　그녀 또한 오늘부터 기사가 되어 번필드가의 군대에서 활약하
게 된다.
　졸업식에 참가한 엠마는 눈동자를 반짝였다.
　(드디어 나도 기사가 됐어!)
　엠마는 어릴 적부터 기사가 되는 것이 꿈이었다.
　(드디어 여기까지 왔어. ──이제 그 사람에게 다가갈 수 있어.)
　엠마에게 꿈을 주고 엠마가 존경하는 사람은 바로『리암 세라
번필드』, 번필드 백작이었다.
　──30년이나 지난 일이지만, 엠마는 아직도 그날의 추억을 잊
지 못한다.

◇

약 30년 전.

어린 시절, 엠마가 부모님과 함께 바깥에 나왔을 때 일이었다.

주위에서 수많은 사람이 하늘을 향해 환호성을 지르고 있었다.

하늘에는 거대한 우주전함들이 지나가고 있었다.

번필드가 본성의 하늘에서 함선으로 대열을 만들어 천천히 항행하며 백성들에게 과시하는 것이다.

우주전함 주위에는 18m 전후의 인간형 로봇들이 있었다. 바로 기동기사── 전쟁을 위해 만들어진 로봇들이다.

사람들은 함대를 향해 손을 흔들거나 눈물을 흘렸다. 사랑하는 연인이나 가족과 서로 껴안으며 기쁨을 나누는 사람도 있었다.

이 영상이 번필드가의 군대가 전쟁에서 승리하고 개선하는 모습이기 때문이다.

"영주님이 고아즈를 물리치셨다!"

"우린 살았어!"

"번필드가 만세!"

사람들은 우주 해적을 물리친 번필드가의 군대에 대해 찬사를 보냈다.

흉악한 우주 해적이 쳐들어온다는 소식을 들은 사람들은 공포에 떨고 있었다.

우주 해적 중에서도 특히 흉악한 자들은 변경 행성의 군대를 쉽게 격퇴하고 행성을 멸망시킨다.

모두가 암울한 미래를 상상하고 절망감에 의욕을 잃어버렸다.

이 절망을 타파한 사람은 '리암 세라 번필드'.

아직 성인도 되지 않은 아이지만, 영주의 책무를 다하여 훌륭하게 우주 해적들을 내쫓아버렸다.

영상으로 덩치가 큰 검은 기동기사가 투영됐다. 양 어깨에 달린 커다란 방패가 특이했다.

엠마는 그런 기동기사를 향해 양손을 뻗었다.

"엄마, 저건 뭐야?"

엠마는 함수에 서 있는 특징적인 기동기사의 영상에 매료되어 있었다.

곁에 있던 어머니가 아무것도 모르는 엠마에게 미소를 지으며 가르쳐줬다.

"영주님의 기동기사야. 엄청 강할 거야."

"영주님은 강해?"

아이의 솔직한 질문에 어머니는 당황한 모습을 보였다.

영주가 정말로 강한지는 모르기 때문이다.

번필드가의 본성인 '하이드라'에 있는 관청에서는 리암의 힘을 홍보하고 있지만, 어디까지 진실인지는 알 도리가 없으며, 아마 과장됐을지도 모른다.

그래도 어머니는 아이는 꿈을 가지길 바랐다.

"맞아. 기사님인걸."

"기사님?"

"엄청 강한 분들을 말하는 거란다. 우릴 지켜주고 계시지."

하늘을 올려다보니 기동기사들이 정렬해서 상공을 날고 있었다. 곧 거대한 전함이 나타나 햇빛을 가렸다.

처음 본 거대한 우주전함의 박력에 엠마는 눈을 크게 떴다.

심장의 고동이 고조되는 것을 느꼈다.

"기사님은 모두를 지켜주는 거야?"

"그럼."

"그럼—— 난 기사님이 될래! 로봇을 타고 나쁜 사람들로부터 모두를 지키는 사람이 될래!"

어머니는 딸 엠마의 장래의 꿈을 듣고 미소 지었다.

"그럼 많이 노력해야겠구나."

"응!"

그날, 엠마는 기사가 되겠다고 맹세했다.

졸업식을 마친 학생들은 셔틀을 타기 위해 방에서 준비하고 있었다.

좁은 2인용 방에는 2층 침대 하나와 책상이 둘.

수납공간도 있지만 개인 물품을 많이 가져오기에는 너무 좁았다.

그래서 짐을 싸는 시간도 그다지 걸리지 않았다.

엠마가 짐을 다 싸자 룸메이트 기사가 말을 걸었다.

흑발 스트레이트 숏헤어지만 앞머리를 길러 한쪽 눈을 가리고 있었다.

그녀의 이름은 『레이첼』.

키가 크고 늘씬한 체형이며 마치 모델처럼 아름다운 여기사다.

기사복── 예복도 잘 차려입고 있었다.

엠마도 같은 예복을 입고 있는데 전혀 다른 옷처럼 보였다.

나이도 별로 다르지 않지만, 엠마에겐 레이첼이 의지할 수 있는 언니 같은 존재였다.

두 사람의 예복에는 기사라는 것을 나타내는 장식과 소위 계급장이 있었다.

기사 학교를 졸업한 시점부터 엠마와 레이첼은 군에서 소위 대우를 받는다.

"이제 헤어지겠네."

레이첼의 말투는 쌀쌀맞았지만, 엠마는 신경 쓰지 않고 대답했다.

"또 어디선가 만나면 좋겠어."

엠마의 말을 듣고 레이첼은 어깨를 으쓱였다.

이 세계에서 그게 얼마나 실현되기 어려운 일인지를 잘 알고 있기 때문이다.

"이 넓은 세상에서 너랑 재회한다면 운명을 느낄 거야. ──뭐, 그것도 나쁘지 않겠지만. 살아서 재회할 수 있으면 좋겠어."

얼굴을 돌리고 쑥스러워하는 레이첼을 보고 엠마는 히죽히죽

웃었다.

"레이첼은 여전히 부끄럼쟁이네."

"시끄러워, 허당. 그런 소리 할 여유 있으면 연수 기간이나 걱정해."

기사 학교를 졸업한 자들은 연수를 거친다.

요 몇 년간 번필드가에서는 연수 중에 기사를 선별하고 있다.

기사는 군의 계급과는 별도로 기사 계급이 있다. 『C』랭크를 기준으로 실력에 따라 오르거나 내려간다.

다만 강하다고 무조건 높은 랭크를 받는 건 아니다.

번필드가의 선별에서 중요한 건, 기사가 번필드가에 도움이 되는가이다.

엠마는 시선을 피하며 작게 중얼거렸다.

"여, 열심히 할 거야."

"다른 건 문제 없지만, 기동기사 조종이 서툰 건 어떻게든 해야 할 거야."

"기동기사 조종이 제일 좋은데……."

엠마는 어렸을 적부터 기동기사를 동경했지만, 조종 성적이 발목을 많이 잡았다.

졸업 성적도 그 외의 요소로 커버해서 이루어냈다.

머리를 싸매는 엠마를 보고 레이첼은 작게 한숨을 쉬었다.

"뭐, 서로 힘내자."

"──응."

약간의 불안을 안고 엠마 일행은 방에서 나와 셔틀 발착장으로 향했다. 두 사람은 걸으면서 신나게 앞으로에 대해 이야기했다.

"레이첼이 연수받는 곳은 어디야?"

"제24부대야. 넌?"

"──제1부대."

"뭐?"

수많은 연수 부대 중에서 제1부대는 교관이 엄격하기로 유명했다.

레이첼이 얼굴에 손바닥을 얹으며 절망했다.

"이리도 운이 나쁠 수가."

『적 기동기사를 발견. 전투에 돌입합니다.』

『아군 기동기사 한 기가 부대에서 떨어져 있습니다.』

『로드먼 소위, 응답하십시오. 문제가 생겼나요? 로드먼 소위?』

상황을 알려주던 오퍼레이터들의 목소리가 들렸다.

"아, 아뇨, 괜찮습니다!"

『바로 부대에 합류하십시오.』

"네?!"

모니터에는 우주공간이 펼쳐져 있었다.

기사 학교를 졸업한 엠마 로드먼 소위를 기다리고 있던 것은 가혹한 현실이었다.

기동기사를 받아 연수처로 갔더니 갑작스럽게 첫 실전에 투입되었다.

파일럿 슈트 차림으로 기동기사의 콕핏에 앉아있던 엠마는 동요를 감추지 못했다.

조종간을 조금씩 움직이며 풋 페달을 힘줘서 밟았다.

그러나 초조함 때문에 몸에 힘이 들어가 평소대로 조종이 안 됐다.

"대체 왜?!"

그녀의 기동기사는 번필드가의 주력 양산기인 '네반'이다.

회색으로 도장된 네반은 기사의 갑옷을 스마트하게 만든 외형에 망토형 추가 부스터를 짊어진 모습을 하고 있다. 추가 부스터를 펼친 모습은 마치 날개를 펼친 듯한 모양이 된다.

네반은 알그란드 제국이 정규군 채용을 검토할 만큼 우수한 기체이다.

"왜 생각대로 움직이지 않는 거야?!"

그러나 엠마는 조종간을 잡고 둔한 반응에 당황하고 있었다.

"훈련 때보다 반응속도가 느려. 고장인가?"

엠마의 이마에 식은땀이 흘렀다.

출격 전에 한 기체 체크에서는 아무런 문제도 없었다.

그런데도 이상하리만치 기동기사의 반응이 둔하게 느껴졌다.

"중요한 첫 출전인데……."

이제 막 기사가 된 신참 파일럿.

엠마는 어떻게든 아군을 따라갔다.

전장은 암석 천체가 많은 곳이었다. 20~100m의 암석이 몇 킬로미터씩 떨어져 듬성듬성 있었다.

가끔 큰 암석도 있었는데 몇 킬로미터는 되어 보였다.

바로 저기에 소규모 우주 해적들의 은신처가 있다.

해적들은 암석 표면에 구멍을 만들어 해적선을 숨겨 놓았다. 해적선을 정비할 수 있도록 암석 안을 기지로 개조한 모양이었다. 선착장도 보였다.

용케도 이런 곳에 숨었다 싶었지만, 번필드가는 그걸 놓치지 않았다.

아무리 소규모라도 우주 해적이 있다면 번필드가의 군대가 투입되었다.

물론, 이것도 번필드가에는 사소한 작전이리라. 하지만 엠마에게는 중요한 첫 출전이었다.

긴장으로 심장의 고동이 빨라졌다.

훈련 때와 달리 몹시 긴장했다.

그 때문인지 쓸데없이 초조했다.

"진정하자. 훈련대로 하면 돼. 할 수 있어. 반드시 할 수 있어!"

조종간을 쥐고 어떻게든 기체를 조종했지만 움직임이 매끄럽지 않았다.

후방에서 그 움직임을 감시하고 있던 교관이 엠마 옆으로 다가왔다.

교관 『클로디아 베르트랑』이 탄 네반에는 다른 양산기와 달리 후두부에 뿔이 달려있었다. 대장기를 나타내는 표식이다.

기체 색은 흰색과 하늘색── 즉, 퍼스널 컬러다. 전용기를 받았다는 것은 그만큼 클로디아가 기사로서 인정받고 있다는 증거이다.

『로드먼 소위, 기체의 움직임이 흐트러졌다. 당장 재정비해라.』

"아, 네!"

황급히 기체를 제어했지만, 어시스트 기능이 작동해도 잘 움직일 수 없었다.

조종간을 허둥지둥 움직였지만, 기체는 더더욱 허우적댔다.

교관이 지켜보는 가운데 어떻게든 암석을 피해 적 기지로 접근하니 아군은 이미 전투를 시작하고 있었다.

적── 우주 해적들은 은신처에서 낡은 기동기사를 출격시켰다.

몇 세대나 전의 기체를 반복해서 수리하여 사용하고 있기에 원형은 이미 남아있지 않았고, 땜질 투성이인 기체가 많았다.

그런 그들이 포기하지 않고 최신예 기동기사를 향해 과감하게 덤벼들었다.

보통은 항복이 현명한 선택이지만, 우주 해적들에게 그 선택지는 없었다.

왜냐하면 번필드가는 우주 해적을 절대 용서하지 않기 때문이다.

번필드가 우주 해적을 몰살한다는 이야기는 유명하다.

우주 해적들도 그걸 알고 있기에 격렬하게 저항했다.

아군 네반 한 기가 저항하는 적 기동기사에게 접근해 검으로 콕 핏을 찔렀다.

그 광경을 보고 엠마는 핏기가 가셨다.

시뮬레이터에서 몇 번이고 적의 숨통을 끊어왔지만, 실제로 적과 싸우려니 망설임이 생겼다.

조종에 엠마의 심정이 나타났는지 교관이 질책했다.

『뭘 하고 있나, 로드먼 소위. 너에게 주어진 임무를 잊지 마라.』

몹시 차가운 목소리에 엠마는 파랗게 질린 얼굴로 필사적으로 대답했다.

"아, 알겠습니다!"

엠마가 풋 페달을 밟으려는 순간 우주 해적들의 은신처에서 세 기의 기동기사가 나타났다.

클로디아가 탄 대장기를 발견하자 세 기가 곧장 다가왔다.

그 셋은 다른 해적들과는 달리 새것이었고 성능도 더 뛰어나 보였다.

『로드먼 소위가 한 기를 맡아라. 나머지는 내가 처리한다.』

"네?"

클로디아가 적에게 돌진하자 엠마는 황급히 라이플을 쥐었다.

어시스트 기능으로 적을 자동 조준하자 적이 알아차렸는지 움직임을 바꿨다.

"미, 미안해요."

적에게 무슨 사과를 하는 건지 의문이 들 틈도 없었다.

지그재그로 움직여 다가오는 적기를 향해 방아쇠를 당겼지만 어이없게 빗나갔다.

적기가 엠마를 향해 총을 겨누었다. 엠마는 곧장 피하려고 했지만 기체가 생각대로 움직이지 않았다.

마치 우주공간에서 물에 빠진 것 같았다.

"어째서?!"

곧 총구에서 빛이 쏟아져 나왔다.

엠마가 왼팔에 든 실드로 받아내는 도중 격한 충격이 느껴졌다.

엠마는 충격에 밀려 암석에 처박힌 후에야 상황을 이해했다. 도중에 적기에게 차여 날아간 것이다.

"빨리 대응해야!"

그러나 적기가 먼저 다가와 도끼를 빼 들었다.

기체끼리 접촉해서인지 통신으로 상대의 목소리가 들렸다.

『번필드가 악마 놈들! 한 놈이라도 더 길동무로 삼겠다!』

"히익!"

그러나 도끼를 내려찍기 직전 적기가 무언가에 치여 날아갔다.

"교관님?!"

『──로드먼 소위, 내가 실망하게 하지 마라.』

클로디아는 전용 무장인 빔 휩── 채찍 광학 병기를 쥐고 있었다.

클로디아가 맡았던 다른 둘은 이미 처참하게 파괴되어 있었다.

"대단해."

잠깐 사이에 두 기나 격파한 실력에 엠마는 자신과의 실력 차를 통감했다.

(이게 진짜 기사의 실력……!)

클로디아 베르트랑의 기사 랭크는『AA』.

번필드가의 최고 랭크인『AAA』를 포함해도 클로디아는 전체에서 최상위에 속하는 실력자이다.

번필드가에서 그녀에게 준 계급은 대령. 교관이 되기 전에는 기사의 정점이자 총괄자인『크리스티아나 레타 로즈블레이어』의 부관을 역임했다.

그녀는 빛의 채찍으로 능숙하게 적기의 양팔과 양다리를 잘랐다. 그 후 적기의 머리를 움켜쥐고 엠마에게 내밀었다.

『로드먼 소위, 네 손으로 파일럿을 죽여라.』

그러자 적의 비명이 들렸다.

『시, 싫어. 죽고 싶지 않아. 살려줘! 난 놈들에게 돈을 받았을 뿐이야. 해적질은 안 했어. 나에겐 가족이 있다고!』

울부짖는 목소리에 엠마는 몸이 떨렸다.

하지만 클로디아는 냉정했다.

『신경 쓸 필요 없다. 해적 놈들에게 가담한 순간부터 이 녀석은 죄를 지은 것이다. ──자, 숨통을 끊어라.』

죽음을 앞둔 적 파일럿이 엠마에게 필사적으로 호소했다.

『살려줘. 두 번 다시 우주 해적과는 상종하지 않을게. 마음을 고쳐먹을게. 약속할 테니까!』

다 큰 남자가 울부짖으며 목숨을 구걸하는 목소리를 듣고 엠마는 조종간에서 손을 놓아버렸다.

"하, 할 수 없습니다. 항복한 상대를 죽일 수 없습니다."

『──그런가.』

엠마의 대답을 들은 클로디아는 무표정인 채로 적기를 던지듯 내려놓더니 그대로 빔 휩의 끝부분으로 콕핏을 꿰뚫었다.

저항하지 못하는 상대를 자비 없이 죽이자 엠마는 놀라고 말았다.

"이, 이럴 수가."

놀라서 눈을 휘둥그레 뜨는 엠마를 본 클로디아는 흥미를 잃은 듯했다.

『번필드가에 도움이 안 되는 기사는 필요 없다. 넌 먼저 모함으로 돌아가 방에서 대기하고 있어라.』

클로디아가 탄 네반이 등을 보이고 날아서 떠나고는 아직 전투가 이어지고 있는 우주 해적의 은신처로 뛰어들었다.

엠마의 첫 출전은 이렇게 끝을 맞이했다.

대실패.

엠마는 시작부터 크게 실패하고 말았다.

작전 후, 엠마는 클로디아의 집무실에 불려갔다.

클로디아는 번필드가의 군복을 입고 긴 하늘색 머리카락을 뒤로 묶고 있었다.

키가 크고 몸매가 좋은 여배우 같은 외모를 지니고 있었지만, 그녀의 실체는 팔 하나로 맹수도 잡을 수 있는 기사다.

클로디아는 담담하게 엠마의 최후 평가를 고했다.

"엠마 로드먼 소위, 54세. 기동기사 조종 이외에는 대체로 보통. 유일하게 사격 평가만 높은 점수를 받았다. 하지만 그 사격도 기동기사만 타면 살리지 못한다. ——이게 네가 받은 평가다."

"——네."

이 세계의 인간은 수명이 길다. 54세는 10대 중반 외모이며, 갓 사회인이 된 수준이다.

심지어 엠마는 앳된 느낌마저 있었다.

"그리고 최종 시험 결과, 너는 D랭크다."

"——?!"

각오하고 있었지만, 막상 직접 들으니 역시 충격적이었다.

D랭크는 최하위 평가이다. 실력을 논할 가치도 없다는 의미다.

기사로서 쓸모없다는 통고를 받은 것과 마찬가지인 평가였다.

"기동기사 조종도 엉망이고, 적조차 죽이지 못했지. 그야말로 '무능'이다."

엠마는 고개를 숙이고 아랫입술을 깨물었다.

분해서 눈물이 날 것 같은데 클로디아는 여전히 냉정한 시선으로 말을 이어갔다.

"너는 분하다고 생각할 자격조차 없다. 번필드가가 너에게 투자한 예산이 얼마인지 너도 배웠을 테지?"

기사는 어릴 때부터 교육받은 초인이다.

일반인으로 태어나도 교육 캡슐을 많이 쓰고 지도자 아래에서 훈련을 받으면 기사가 될 수 있다.

하지만 비용은 일반인 도저히 감당할 수 없는 수준이다.

그래서 일반 가정에서 기사가 나오는 일은 몹시 드물다. 기사를 배출한 집안은 그만큼 여유가 있는 집안뿐이다.

클로디아가 번필드가의 현재 상황을 엠마에게 들려줬다.

"번필드가는 기사가 부족하다. 기사 학교를 만들어 단기 교육을 하는 이유도 숫자를 늘리기 위해서지. 더구나 몇 년 전에 일어난 버클리가와의 대전으로 기사 확보가 더욱 중요해졌다."

몇 년 전, 번필드가는 같은 제국 귀족인 버클리가와 존망을 걸고 큰 전쟁을 벌였다.

결과는 번필드가의 대승리로 끝났지만, 많은 병사와 기사가 목숨을 잃었다.

다른 가문에서는 이런 일이 있으면 즉각 병력을 보충하지만, 번필드가는 그게 불가능했다.

번필드가의 현 당주인 리암의 손에 기사단이 한 번 해체되었기 때문이다.

그래서 대대로 번필드가를 섬기는 신하 가문은 없고, 인재 육성이 부족했다.

기사 학교를 설립했지만, 아직 부족 해소에 이르지는 못했다.

단기 교육의 과정은 약 20년. 기사를 키우기에는 조금 급박한 시간이지만, 인력이 부족하니 어쩔 수 없었다.

엠마에게 기사가 될 기회가 있었던 것도, 이런 상황이었기 때문이었다.

클로디아가 엠마에게 물었다.

"넌 뭘 위해서 기사가 됐지?"

갑작스러운 질문에 엠마는 당황하면서도 대답했다.

"――지키기 위해서입니다."

(내가 기사를 지망한 이유――.)

기사의 꿈을 품은 날을 떠올렸다.

백성을 지키던 자는 누구였는가.

"전 싸울 힘이 없는 사람들을 지키기 위해 기사를 지망했습니다. 리암 님 같은――!"

그 순간 클로디아가 엠마에게 주먹을 날렸다. 주먹부터 나간 건 클로디아가 그만큼 화가 났다는 의미였다.

엠마는 날아가 벽에 충돌하여 바닥에 쓰러졌다.

"어중간한 녀석이 리암 님을 입에 담지 마라."

표정 변화를 거의 보여주지 않는 클로디아가 분노로 얼굴을 붉혔다.

엠마가 일어서려고 하자 클로디아가 등을 돌렸다.

"——번필드가에 무능한 기사는 필요 없다."

엠마는 고개를 숙이고 분한 마음에 눈물을 흘렸다.

◇

첫 임무가 끝나고 2주 후.

번필드가 본성 하이드라에서 엠마는 러닝을 하고 있었다.

아래는 운동복, 위는 탱크톱을 입은 모습이었다.

형태 좋은 가슴이 조금 흔들렸다.

넓고 자연이 풍성한 공원에는 이른 아침부터 산책이나 러닝하러 나온 주민들의 모습이 보였다.

다만 기사 교육을 받은 엠마는 일반인과 신체 능력이 다르다. 일반인이 정비된 도로를 달리는 가운데, 엠마는 울퉁불퉁한 숲길을 달렸다. 공원 관리용으로 만든 길이라 주위에는 공원을 관리하는 로봇이 움직이고 있었고 하늘에도 드론들이 날고 있었다.

엠마가 가속하자 낙엽이 날아올랐다.

그대로 경사가 급해지는 곳을 달려서 빠져나오니 공원 광장으로 나왔다.

"도~착!"

숨을 헐떡이면서 양손을 들고 외친 엠마는 수건을 꺼내 땀을 닦았다.

지대가 높은 광장에서는 번필드령의 수도 전경이 보였다.

멀리 고층 빌딩도 귀엽게 보일 만큼 높은 벽이 보였다. 벽 너머에는 이곳의 영주인 번필드 백작의 저택이 있다.

이곳의 저택은 규모나 기능이나, 도시 하나와 맞먹는다. 그런 걸 과연 저택이라 불러도 좋은지는 의문이지만.

엠마는 여기서 경치를 바라보는 걸 좋아했다.

하지만 오늘은 표정이 밝지 않았다.

경치를 보면서 호흡을 가다듬고 있으니 벤치에 앉은 노인이 갑자기 말을 걸어왔다.

"여기 경치가 참 좋죠. 영지가 발전하는 걸 실감할 수 있어요."

"하, 할아버지?!"

뒤돌아본 엠마는 그 노인을 보고 쑥스러워졌다. 아무도 없는 줄 알고 소리쳤던 것도 부끄럽지만, 기사가 기척을 알아차리지 못한 게 한심했다.

엠마는 황급히 자세를 바로잡고 인사했다.

"저기, 오랜만이야."

쑥스러워하면서 인사하는 엠마에게 노신사가 미소 지었다.

"그 말괄량이 아가씨가 꽤나 훌륭하게 컸군요."

노신사는 엠마의 할아버지가 아니다.

엠마는 어릴 때부터 이 공원에서 운동했는데, 이 시간대에 노신사와 자주 마주쳤다.

노인의 이름은 지금도 모르지만, 이렇게 만나면 인사를 하고 잡담을 주고받았다.

이 세계는 안티에이징 기술이 훌륭해 노인의 모습을 한 사람은 그리 많지 않다. 공원에서 노인과 마주치는 것 자체가 아이에게는 신기한 일이었다.

그래서 엠마는 먼저 그에게 말을 걸었다.

오래 알고 지낸 만큼 엠마는 스스럼없는 말투로 이야기했다.

"할아버지, 나도 이제 어른이야."

"이거 실례했습니다. 그러고 보니 기사 학교에 갔다고 했었죠. 이미 졸업했나요?"

기사 학교 이야기가 나오자 엠마의 표정이 어두워졌다.

클로디아의 말이 떠오른 엠마는 노인 옆에 무기력하게 앉았다.

"졸업은 했는데, 성적이 형편없었어. 이번 기수 중에 D랭크는 나 혼자래."

"D랭크요? 성적이 그리 안 좋았나요?"

노인이 엠마를 걱정했다. 그는 기사 랭크 제도를 자세히 알고 있는 듯했다.

이야기하면 알아듣겠구나 싶었던 엠마는 고개를 끄덕이고 이어서 말했다.

"사격은 자신 있었는데, 다른 게 잘 안 됐어. 특히 기동기사 조종이 안 좋아. 나는 기동기사 타는 걸 좋아하는데 실력은 마음만큼 되질 않아."

엠마는 고개를 숙이고 다리를 붕붕 흔들며 말을 이었다.

"다른 사람들은 함대나 기지에 배속되어서 신형 양산기를 타고 있대. 하지만 나는 변경에서 구식 기동기사를 타게 될 것 같아."

"변경이라. 정확히 어디죠?"

"할아버지는 들어도 모를 것 같은데. 번필드가가 얼마 전에 얻은 행성이야. 사람은 살 수 있지만 오래 방치되어 있어서 조사가 필요하대. ──『에리아스』란 이름이었던가?"

"에리아스입니까. 제법 먼 곳이군요."

엠마는 노인의 대답에 약간 위화감을 느꼈다. 조사하면 알 수 있는 내용이지만 일반인이 찾아볼 정보는 아니다. 그런데 이 노인은 그걸 알고 있었다.

"변경인데 용케도 알고 있네."

그러자 골똘히 생각하던 노인이 살짝 당황했다.

"한때 미지의 행성을 조사하는 조사단이 되고 싶던 시절이 있었거든요."

"그랬구나. 응? 전에는 배우가 되고 싶었다고 하지 않았어?"

노인은 겸연쩍게 웃었다.

"부끄러운 일이지만 젊었을 적에는 이것저것 손을 대서요. 지금의 직업을 만나기까지 여러 곳으로 새고는 했죠."

"딴 길로 샌다……."

"왜 그러시죠?"

엠마는 상냥한 노인에게 자신의 기분을 토로했다.

"──내가 꿈을 향해 가고 있는 게 맞는지 의심스러워서. 딴 길로 샌다기보다는, 탈선인가? 이대로는 영주님 같은 정의의 사도가 될 수가 없어."

노인은 마치 꿈을 포기한 듯한 엠마의 말을 듣고 약간 쓸쓸하게 미소 지었다.

"엠마 씨는 영주님 같은 정의의 사도를 목표로 하고 있었군요."

노인의 표정이 진지하게 바뀌었다.

"거기서 포기하면 정말 영주님 같은 정의의 사도는 될 수 없습니다."

"응?"

노인은 벤치에서 일어섰다.

"그분은 어떠한 상황에서도 포기하지 않고 앞으로 계속 나아가고 있으니까요. 다른 사람의 평가는 신경 쓰지 않고 오로지 자신만의 길을──."

거기까지 말한 노인은 엠마의 시선을 알아차린 듯했다.

"할아버지, 영주님이랑 아는 사이야?"

그러자 노인이 눈에 띄게 당황했다.

"서, 설마요. 오랫동안 이 행성에서 살다 보면 통치를 통해 영주님의 모습이 왠지 모르게 떠오른답니다."

"그런가? 옛날엔 지독했지~라고 말하는 건 자주 듣긴 했어. 난 지금 영주님밖에 모르지만."

엠마의 반응에 노인은 쓴웃음을 지었다.

"──그렇군요. 어이쿠, 슬슬 시간이 됐군요."

노인이 자리에서 일어서며 말했다.

"엠마 씨라면 분명 될 수 있을 겁니다. 정의의 사도가."

"내가 할 수 있을까?"

"자신을 의심하면 어떤 일도 잘되지 않습니다. 믿고 힘차게 나아가는 것이 젊은이의 특권이에요."

"자신을 믿는다. 말하는 건 간단하지만……."

"포기하는 건 언제든지 가능하니까요."

"──그렇네. 고마워, 할아버지. 마음이 편해졌어. 응, 아직 끝난 게 아니지!"

엠마는 그렇게 말하고 환하게 웃으며 노인에게 크게 손을 흔들었다.

노인의 모습이 보이지 않게 되자 엠마는 양손으로 볼을 때려 기합을 넣었다.

"그래. 이 정도로 포기할 순 없어. 난 정의의 기사가 될 거야!"

◇

번필드가의 저택은 광대하다.

저택 안에 도시 하나가 들어가 있으니 저택이란 말은 어울리지 않았다.

그 저택 안에 어느 방.

번필드가의 기사단을 총괄하는 인물이 있었다.

크리스티아나 레타 로즈블레이어. 번필드가의 기사단 필두였지만, 어떤 이유로 영주의 노여움을 사서 지금은 직위를 잃은 상황이었다.

하지만 업무를 대신할 사람이 달리 있는 것도 아니라서 지금도 기사단의 총괄을 맡고 있었다.

그녀는 신뢰하는 부관인 클로디아를 방으로 불렀다.

크리스티아나는 쉬어 자세로 눈앞에 선 클로디아를 보고 웃음을 지었다.

"내가 자리를 비운 동안 교관 임무를 잘 수행한 것 같네."

"넵, 영광입니다."

"하지만 신입 육성에 조금 문제가 있어. 클로디아, 넌 너무 엄격해."

하지만 클로디아의 표정은 조금도 변하지 않았다. 오히려 크리스티아나에게 반론했다.

"실전 경험이 없는 기사가 도움이 될 리 없습니다."

"정론이야. 하지만 한 명이 아쉬운데, 신입은 좀 더 세심히 다뤄야지. 기사 학교를 졸업한 지 얼마 안 된 병아리들을 바로 실전에 내보내는 건 너무 무모해. 평가도 너무 엄격하고."

크리스티아나는 클로디아가 처리한 일을 전자 서류로 보고받으면서 평가 방법에 의문을 품은 듯했다.

"아군의 발목을 잡는 무능한 자는 필요 없습니다."

아주 차가운 미소를 띤 부관의 말을 듣고 크리스티아나는 내심 동정했다.

클로디아는 무능한 아군에게 배신당해 우주 해적들에게 잡힌 과거가 있다. 그 후로 원래도 엄격했던 사람이 더더욱 엄격해졌다.

그녀에게 아군이란 자신처럼 우주 해적들에게 잡힌 경험이 있는 동료들뿐.

그 외에는 장기짝일 뿐이었다.

클로디아의 사정을 알지만, 크리스티아나는 상사로서 질책할 수밖에 없었다.

"내가 선별하라고 했던가? 쓸 만한 기사를 준비하라고 명령했지."

크리스티아나는 웃는 얼굴로 부하를 압박했다.

클로디아는 질책을 받아들이고 곧장 표정을 되돌렸다.

다만 대답에서 여전히 씁쓸함이 묻어났다.

"실례했습니다. 이후로는 주의하겠습니다."

"그럴 필요는 없어. 널 계속 교관직에서 놀릴 정도로 번필드가 는 한가하지 않아."

크리스티아나는 클로디아 앞에 자료를 투영했다.

클로디아의 표정이 살짝 찌푸려졌다.

"이건 무슨 정보입니까?"

자료에는 우주 해적들이 사용하는 무기에 관한 자료가 실려있었다.

"우주 해적들에게 무기를 제공하는 자들이 있어."

"무기 상인에게 구한 것이 아닙니까?"

돈을 벌 수 있다면 우주 해적에게도 병기를 파는 상인들이 있다.

하지만 크리스티아나는 부정하며 다른 자료에 시선을 돌렸다.

"새로 얻은 행성에 해적들의 병기공장이 있다는 정보가 들어왔어. 아직 정확한 위치는 찾지 못했지만."

클로디아는 불쾌감에 한층 더 미간을 찌푸렸다. 우주 해적과 관련된 모든 것을 용납할 수 없기 때문이었다.

"클로디아, 엉뚱한 소란이 일어나기 전에 먼저 병기공장을 찾아서 파괴해."

"넵!"

하이드라 행성의 군항.

길을 떠나는 젊은이들이 가족과 친구들과의 이별을 아쉬워하고 있었다.

군사 학교를 졸업한 신입들은 각자 우주로 향하는 셔틀에 올라탔다.

가족이 손을 흔들며 그들을 배웅했다.

우주에는 지상에서 올라온 그들을 받아들일 전함이 대기하고 있었다.

개중에는 행성까지 내려온 전함에 직접 타는 자들도 있었다.

대합실에서 근무지로 떠나는 이들을 바라보던 엠마는 창에 이마를 대고 깊은 한숨을 쉬었다.

엠마 역시 배정지로 가기 위해 기사용 예복을 입고 있었다. 그녀는 출발시간을 기다리며 대합실을 둘러보았다.

대합실에는 웨이터나 웨이트리스가 마실 것이나 간단한 식사를 무료로 주문받고 있었다.

기사 학교를 막 졸업한 신참 기사들의 모습도 보였다. 미남미녀가 웃으니 덩달아 들뜬 젊은이들이 많았다.

기사는 특권을 갖고 있으며, 이 대합실 서비스도 군의 특별대우 중 하나였다.

그러나 들뜬 동기들과 달리 엠마는 구석에서 풀이 죽어 있었다.

엠마 곁에서 동기 기사『카르아 베클리』가 웃음을 흘렸다.

엠마와 같은 복장이건만 더 어른스러운 분위기가 흘렀다.

"다들 들떴네. 기사 학교에서는 훈련하느라 바빠서 놀 시간도 없었으니 당연하지만."

"그렇지."

"하지만 그런 생활은 이제 끝! 기사가 됐으니 다가오는 남자도 많을 거야. 엠마도 마음대로 골라잡을 수 있다고."

"그렇지."

무심한 대답에 친구가 걱정된 카르아는 작게 한숨을 내쉬었다.

"이해는 하지만 좋게 생각하자. 기사가 된 것만으로도 승리한 거야. 좀 더 가슴을 펴라고. 모처럼 기사가 됐는데 그런 표정으로 있으면 안 되지."

"나도 그렇게 생각은 하는데……."

기사란 성공한 인생의 상징이기도 하다.

엠마나 카르아처럼 평범한 집안은 기사가 되기 매우 어렵다. 마침 번필드가에서 기사가 필요했기에 운 좋게 기사의 길이 열린 것뿐이다.

그때 동기 하나가 다가왔다.

그의 이름은『러셀 보너』.

대대로 번필드가에서 관료를 한 일족 출신 청년이었다.

번필드가에서 보기 드문 명문 집안이다.

"그게 올바른 태도지. 기사라고 부르기에는 부끄러운 실력이니,

자기 분수를 아는 거라고."

러셀이 웃으면서 깔보자 카르아는 성가시다는 듯 얼굴을 찡그렸다.

실제로 러셀이라는 남자는 성가신 녀석이었다.

"거참 잘나신 말씀이시네."

러셀의 예복은 남들보다 장식이 훨씬 더 많았다. 성적 우수자에게만 지급되는 특제 예복이다.

그는 자신이 자랑스럽다는 듯 다른 기사들을 깔보았다.

"물론 잘난 말씀이지. 나는 상위 100명 안에 드는 성적으로 졸업했고 너희는 아니니까. 말하자면 엘리트란 거지."

상위 100명은 졸업과 동시에 중위로 발령된다. 기사 랭크는 다 같은 C랭크지만, 대우가 다른 것이다.

그들에게는 이후 엘리트 코스를 밟을 기회가 주어진다.

카르아가 어깨를 으쓱이고 러셀로부터 얼굴을 돌렸다.

"그 잘나신 엘리트 기사님이 무슨 용건이래?"

러셀은 엠마에게 시선을 던지며 심술궂은 웃음을 지었다.

"이젠 영원히 만날 일이 없을 테니 작별 인사를 하려고. 너희가 갈 곳은 잘해봐야 본성 부근일 테니까. 나처럼 선택받은 존재는 영주님과 함께 수도성에 가거든."

영주님이라는 말을 듣고 엠마는 놀라서 눈을 부릅떴다.

신참 기사가 갑자기 영주님과 함께 수도성—— 알그란드 제국의 본성으로 가게 될 줄은 누구도 상상하지 못했다.

"그럼 넌 수도성에 배속되는 거야?"

"당연하지. 영주님은 현재 수행 중이시잖아? 곁에서 지키는 것이 선택받은 기사의 책무지."

번필드가의 영주는 아직 젊은 편이라 현재는 알그란드 제국의 어엿한 귀족이 되기 위해 수행 중이다.

그래서 한동안 수도성에서 지내게 되는데, 그 호위로 선택받은 러셀은 틀림없이 우수할 것이다.

엠마는 자신의 상황과 너무 비교되어 고개를 숙였다.

자신의 근무지를 자랑하고 싶었던 러셀이 그런 엠마에게 심술궂은 질문을 했다.

"그런데 엠마 양."

"어, 왜?"

"네 근무지는 어디지? 폐급 D랭크 기사는 어떤 변방으로 가는지 몹시 궁금한데."

폐급 D랭크 기사라는 부분을 강조하자 대합실에 있던 기사들의 모멸이 담긴 시선이 엠마에게 향했다. 개중에는 불쌍히 여기는 기사도 있었다.

엠마는 주위의 시선이 괴로웠다.

카르아가 엠마에게 귓속말했다.

"상대하지 마. 너도 훌륭한 기사야."

카르아의 작은 목소리를 들은 러셀이 코웃음 쳤다.

"아니, D랭크는 기사가 아니지. 폐급이라고. 번필드가의 기사단에 불필요한 존재다, 이 말이야."

엠마는 아랫입술을 깨물었다.

러셀은 출발시간이 다 되었다는 안내 방송을 듣고서야 등을 돌렸다.

"시간이 된 것 같네. 그럼 난 이만 실례하지. 아, 마지막으로 하나만 더."

얼굴만 뒤로 돌린 러셀이 엠마에게 차갑게 말했다.

"분수에 맞지 않으면 물러나는 것도 훌륭한 용기야. 동료의 발목을 잡기 전에 빨리 기사 자격을 반납하는 걸 추천하지."

러셀은 그렇게 떠들며 대합실에서 나갔다.

무례하게 짝이 없지만, 그가 동기 중에서 우수한 편이었다는 사실은 변하지 않는다.

카르아가 엠마의 어깨에 손을 올렸다.

"잊어버려. 저 자식은 그저 널 깔보고 싶었던 것뿐이야."

"응, 그래야지."

억지로 웃으며 대답했지만, 엠마는 러셀의 말에 크게 상심했다.

엠마가 탄 셔틀에는 같은 전함에 배속되는 군인들이 타고 있었다.

그러나 분위기는 엠마가 생각했던 것과 전혀 달랐다.

(어떻게 봐도 칠칠치 못한 사람들밖에 없는데요오오오!)

엠마는 자신의 짐을 안고 몸을 움츠리며 식은땀을 흘렸다.

여기 모인 군인들은 누구 하나 군복을 말끔하게 입은 자가 없었다. 수염을 아무렇게나 방치하는 건 보통이었고, 술을 마시고 잠든 사람마저 있었다.

(기사 학교에서 우리 군은 규율이 엄격하다고 했는데, 과장이었나?)

졸지에 험상궂게 생긴 군인들에게 둘러싸인 꼴이 된 엠마는 도착만을 절실히 기다렸다.

이내 곧 셔틀이 대형함으로 다가갔다.

창가 자리에 앉아있던 엠마는 거대한 군함을 보고 감탄을 흘렸다.

(으아아⋯⋯.)

심플하게 통짜 구조로 만든 듯한 우주항모인데, 딱 봐도 몹시 낡았다.

대략 2세대 전부터 번필드가가 운용했던 장비인데, 여기저기 엉성한 수리 흔적이 눈에 띄었다.

이 구식함이 바로 엠마의 근무지였다.

◇

"엠마 로드먼 소위, 발령을 명받았습니다!"

집무실 책상에서 전자 서류를 처리하고 있는 사령관을 향해 엠마는 긴장한 얼굴로 경례했다.

그러나 사령관은 눈길도 주지 않고 귀찮은 듯이 서류 처리를 이어갔다.

엠마가 침묵 속에서 대답을 기다리고 있으니 '팀 베이커' 대령이 작게 한숨을 쉬며 등받이에 몸을 기대더니 귀찮은 얼굴로 대답했다.

"어서 오게, 소위. 설마 이런 곳에 기사가 올 줄은 몰랐는데."

"저기, 그게 무슨 말씀……."

"지금 번필드가는 인재 부족에 시달리느라 서로 기사를 데려가려고 안달이 난 상태지. 그런데 좌천지로 유명한 이곳『메레아』함에 오는 기사가 있다니. 소위는 무슨 짓을 저질렀나?"

"──최종 시험에서 D랭크 평가를 받았습니다."

솔직히 대답하자 사령관은 의자에서 일어나 기지개를 켰다.

"그런가. 알 것 같군."

"네?"

비난받을 줄 알았는데 팀 대령은 신경 쓰지 않았다.

그는 처음부터 엠마에게 무엇하나 기대하지 않았다.

"우리는 호위함의 도착을 기다렸다가 에리아스 행성 조사와 치안 유지를 하러 간다. 얼마 전까지 남의 영지였던 곳이지."

예전의 버클리가의 행성이었던 에리아스는 최근 들어 번필드가가 손에 넣은 행성 중 하나다.

그 행성을 조사하고 치안을 유지하기 위해 파견된다.

"그곳은 사람의 손길이 한 번도 닿지 않은 행성이다."

"그, 그게 무슨……."

엠마가 곤란해하자 팀 대령이 대놓고 말했다.

"즉, 유지할 치안도 뭣도 없다는 의미다. 일단은 소유지이니 함대를 보내놓으려는 상부의 판단이겠지."

상층부에 대해 불만이 있는 팀 대령은 신참인 엠마에게 군인답지 않은 명령을 내렸다.

"자네는 메레아의 기동기사대 소대장을 맡게. 딱히 일이 없으니 출세하긴 어렵겠지만."

(마, 말도 안 돼애애애!)

활약할 기회조차 없는 메레아에 배속된 엠마는 절망했다.

메레아의 격납고는 기동기사의 부품이 여기저기 놓여있어 어수선했다.

엠마가 자기 소대의 격납고에서 마주한 건 더더욱 가혹한 현실이었다.

갈색 단발에 수염이 구레나룻과 이어진 중년 남성이 호쾌하게 웃으며 엠마를 맞이했다.

"상당히 귀여운 소위님이 왔네."

그는 기동기사 조종수인 『더그 월시』 준위. 잘 단련된 몸매의 소유자로 태도가 우호적이라 호감이 갔다.

다만 기사도 아닌 일개 조종사가 엠마를 귀여운 소위님이라 부르는 건 무례한 행동이었다.

"더그 씨, 그런 말투는 실례라고. 난 『몰리 바렐』 일병이야. 소대의 정비사지. 다행이다~. 무서운 사람이 오면 어쩌나 걱정했는데."

그녀는 기동기사 정비사인 몰리. 빨간 머리카락을 트윈테일로 묶은 소녀로 엠마와 비슷한 나이로 보였다.

그러나 도무지 군인의 태도가 아니었기에 엠마의 볼이 한층 더 굳어졌다.

더구나 그녀의 옷차림도 몹시 신경 쓰였다. 작업복이 바지뿐이었다.

가슴은 그냥 천을 둘렀을 뿐이었다. 피부의 노출이 많았다.

엠마는 몹시 당혹스러웠다.

"자, 잘 부탁드립니다."

"소위님, 태도가 딱딱해~."

깔깔 웃는 몰리가 마지막 한 명에게 시선을 돌렸다.

"이제 남은 사람은 래리 뿐이야. 빨리 인사해."

래리는 엠마가 왔는데도 부품 상자에 앉아 휴대용 게임기를 만지작거리고 있었다. 안경에 직접 화면이 나오는 타입의 게임기였다.

그는 불쾌한 얼굴로 게임을 중단하고 입을 열었다.

"『래리 크레이머』준위. 앞으로 잘해줄 필요는 없어. 어차피 금방 헤어질 건데."

불길한 소리에 엠마가 정정을 요구했다.

"전 여기서 죽을 생각은 없고, 부하들도 죽게 둘 생각은 없어요!"

그러자 래리가 엠마에게 무슨 소리냐는 시선을 던졌다. 곧 엠마가 착각했다는 것을 깨닫고 작게 한숨을 쉬었다.

"죽어서 헤어진다는 뜻이 아니야. 이 부대가 곧 해체되거나 또 이름도 모르는 다른 변경에 가게 될 거라는 의미지."

"네? 무슨 일이 일어날지 모르는 게 우주잖아요. 근데 해체라니요?"

"그럼 이 근방에 뭐가 있는데? 우리는 훈련만 있을 뿐, 진짜로 출격할 기회는 없어. 애초에 나는 전역도 얼마 남지 않았고."

래리는 그대로 게임을 재개했다. 그 모습에 더그가 머리를 긁적였다.

"요즘 젊은 애들은 의욕이 없어. ——뭐, 이런 꼴이지만 잘 부탁해, 아가씨."

"아가씨가 아니라 소위에요! 어엿한 기사라고요!"

그러자 래리가 게임을 중단하고 엠마를 훑듯이 쳐다봤다. 그리고는 낙담의 한숨을 내쉬었다.

"기사치고는 관록이 너무 없는데. 뭐, 여기 온 시점에서 이미 뭔가 하자가 있는 거겠지."

몰리가 볼을 부풀렸다.

"래리도 참, 엠마한테 너무하지 않아?"

몰리도 말투를 생각하면 남 말할 처지는 아니었다.

더그가 복잡한 표정으로 어깨를 으쓱이며 말했다.

"뭐, 이런 상황이야. 그러니 너무 애쓰려 하지 말라고."

엠마는 멍하니 서 있었다.

(이, 이게 내가 이끌 소대원들? 앞으로 어떡하면 좋아?!)

메레아의 트레이닝 룸.

엠마는 스포츠웨어 차림으로 방의 중력을 올린 채 트레이닝 중이었다.

트레이닝 룸에는 여러 기기가 있었지만, 전부 낡은 것들 뿐이었다.

심지어 고장 나서 작동하지 않는 기기도 있었다.

메레아는 이런 것도 고칠 수 없는 상황인가, 아니면 고장 난 것조차 모르는 건가.

그녀는 앞날이 몹시 불안했다.

이곳만 해도 그렇다. 다른 승조원들의 모습이 있어야 하건만, 운동하는 사람은 그녀뿐이었다.

"하아, 하아— 끄, 끝났다."

엠마는 거친 호흡을 가다듬으며 시계를 봤다. 규정된 트레이닝 시간이 끝나가도록 사람의 그림자조차 없었다.

"왜 아무도 안 와아아아!!"

엠마는 머리를 싸매고 절규했다.

다들 해이해져 규정을 지키지 않는 것이다.

땀을 닦으며 엠마는 현 상황의 원인을 고민했다.

"왜 이렇게 심한 걸까?"

번필드 백작가의 사설군은 영주의 교체와 함께 개혁을 겪었다.

종이호랑이에서 쓸 만한 군대로, 더욱 엄격한 군대가 되었을 터였다.

그러나 눈앞에 놓인 현실은 전혀 다른 풍경이었다.

"하아."

엠마는 한숨을 내쉬며 샤워실로 향했다.

◇

메레아의 격납고.

"여러분, 전 화가 났습니다!"

더그, 래리, 몰리를 나란히 세운 엠마는 트레이닝조차 하지 않는 셋을 다그쳤다.

하지만 요즘은 계속 이런 식이라 점점 자신감이 줄어들고 있었다.

세 사람은 엠마의 속내를 읽었는지 여전히 내빼기 바빴다.

몰리가 친구와 이야기하듯 웃으며 대답했다.

"엠마는 너무 진지해. 이 함선에서 착실하게 트레이닝을 하는 사람은 하나도 없는걸?"

"그게 문제라는 거예요!"

소대장의 책무를 다하려는 엠마.

더그가 난처하다는 듯 웃었다.

"의욕 있는 아가씨네."

"늘 말하지만, 아가씨가 아니라 대장이라고 부르세요! 제가 여러분의 대장이라고요! 그리고 더그 씨! 술 냄새가 나는데요?"

엠마가 째려보자 더그는 쓴웃음을 지었다.

"아~ 어제 마신 술 냄새가 아직 남아있나?"

"이미 낮이잖아요! 매일같이 술 냄새를 풍기는데 제대로 일이 돼요?!"

"더그 씨는 항상 이런 느낌이야. 지금도 주머니에 술이 들어있을걸?"

몰리가 비밀을 까발리자 더그는 난처한 표정이 됐다.

"이 정도는 좀 눈감아줘. 아무것도 없는 군 생활의 유일한 즐거움이라고."

엠마는 분노로 얼굴을 붉혔다.

"알겠어요. 술 문제는 나중에 따로 이야기하시죠. 그리고 몰리! 당신은 왜 시간을 안 지키는 거죠? 제가 훈련에 나오라고 말했죠?"

그러자 몰리는 웃으며 얼버무렸다.

"아하하, 정신 차리고 보니 시간이 지나있더라고. 그런데 메레아에 단련 시간이 있었어?"

헤실헤실 웃으며 트레이닝 예정을 잊었다고 실토한 몰리의 대답에 엠마는 아찔해졌다.

그리고 마지막으로 래리를 봤다.

래리는 오늘도 휴대용 게임기를 만질 뿐, 엠마의 설교는 듣지 않았다.

그 태도에 엠마의 인내가 한계를 맞이했다.

"제가 말하고 있잖아요! 이럴 때까지 게임을 하지 마세요!"

엠마가 소리를 지르자 짜증이 났는지 래리가 미간을 찌푸렸다.

"적당히 해. 민폐잖아."

"미, 민폐?! 그게 무슨 대답이에요! 저희는 군인이라고요! 이것 또한 임무인——."

"그게 민폐라고."

래리는 주머니에 손을 넣더니 허가도 받지 않고 멋대로 떠나갔다.

엠마는 황당한 반응에 입을 뻐끔거렸다.

"아니, 여기는 엄연한 군대인데, 이게 무슨……."

규율이 철저한 군대에서는 볼 수 없는 태도였다. 만약 클로디아가 봤다면 말을 들을 때까지 철저하게 지도했을 것이다.

그리고 그것이 지금 엠마의 역할이다.

소대장으로서 부하를 이끌 때는 엄격해야 한다고 배웠다.

엠마가 주먹을 쥐고 있으니 더그가 말을 걸었다.

"잠깐 괜찮을까, 아가씨."

"아가씨가 아닙니다! 저는——."

"그럼 대장 나리. 저 좀 따라와 주실 수 있습니까?"

강경한 태도로 나오자 엠마는 흠칫했지만, 곧 표정을 가다듬고 등을 꼿꼿이 폈다.

둘의 모습을 보고 있던 몰리는 어깨를 으쓱이고는 일하러 돌아갔다.

"그럼 난 정비하러 돌아갈게."

엠마는 문제아밖에 없는 소대에 불안을 느꼈다.

(내 소대는 문제아뿐이야. ……아니, 그건 나도 마찬가지인가.)

기동기사도 제대로 조종하지 못하는 자기 또한 다른 사람 보기
에는 문제라는 걸 깨닫고 낙담했다.

◇

더그에게 이끌려 온 곳은 엠마 소대의 기동기사가 늘어선 격납
고였다.

엠마와 더그는 정비용 파워드 슈트를 착용한 몰리가 기동기사
의 발치에서 정비하는 모습을 나란히 서서 보고 있었다.

엠마는 기체를 올려다봤다.

조형이 심플한 기동기사는 사람이 헬멧을 쓴 듯한 디자인을 하
고 있었다.

장식은 거의 없지만, 대장기에는 바이저 같은 장식이 달려있
었다.

기체 앞에서 더그가 수다스럽게 말하기 시작했다.

"이 녀석의 기체명을 알고 있나?"

엠마는 무시당한 것 같아 발끈하여 쌀쌀맞게 대답했다.

"『모헤이브』. 그 정도는 알고 있어요."

필요한 것은 기사 학교에서 모두 배웠다. 이런 걸 모를 리가 없다.

하지만 더그의 눈빛은 진지했다.

"정식으로는 모헤이브 2형이야. 최신은 4형이니, 이 녀석은 2세대나 뒤처진 거지."

"네? 2형이라고요?"

그 말을 듣고 다시 살펴보니, 엠마가 배운 것과 차이점이 많았다.

더그는 설명을 이어갔다.

"1세대 모헤이브는 당시의 양산기를 상대로 2대가 붙어야 겨우 이기는 성능이었어."

"그 정도였다고요? 하지만 지금은 제국 온갖 곳에서 쓰고 있잖아요?"

모헤이브는 제국군은 물론 귀족들의 사설군도 많이 사용하는 기체다.

"당시에는 양산기 한 대 살 돈으로 모헤이브 3대를 만들 수 있었으니까. 더구나 만들기 쉽고 정비도 간단했지. 유지비가 싸다는 이점이 먹혀서 귀족들이 선호했었다. 덕분에 모헤이브는 제국의 걸작이 되었지."

그런데 그 이야기를 왜 지금?

엠마가 질문하기 전에 더그가 답했다.

"——이놈들은 우리랑 똑같은 이유로 채용됐다는 거다."

"똑같은 이유?"

"막 쓰고 버리는 소모품이라는 뜻이지."

늘 웃음이 많았던 더그가 진지한 시선을 던졌다.

엠마는 더그의 이야기를 납득할 수 없었다.

"그럴 리가 없어요! 여러분은——."

"아니라고? 아가씨는 정말 아무것도 모르는군."

더그는 과거를 떠올렸는지 씁쓸한 표정을 지었다.

"난 전전대 시절부터 번필드가의 군에 있었다."

"전전대라고요? 번필드가의 사설군은 영주가 바뀌면서 한 번 해체되지 않았나요?"

새 영주는 기존의 군을 해체하고 제국에서 정규군으로 일하던 자들을 고용했다.

사설군 상층부는 사실상 물갈이 된 것이다.

더그는 주머니에 손을 넣고 당시 당사자들의 이야기를 엠마에게 들려줬다.

"개혁 전에는 진짜 심했어. 해적들에게도 뒤지는 구식 병기뿐이었지. 그래도 싸우라고 해서 몇 번이나 전장으로 갔어. 꿈과 희망을 품고 입대한 녀석들은 반년쯤 지나면 반으로 줄었지. 10년쯤 지나면 8할이 전사했어. 살아남은 녀석들은 무기력해졌지."

"그, 그래서 영주님이 개혁하신 게——."

"그렇지. 옳은 판단이었어. 그런데 우리는 왜 여기 있지? 우린 그런 와중에도 할 수 있는 만큼 노력했다고!"

더그의 갑작스러운 고함에 몰리가 놀라서 고개를 이쪽으로 돌렸으나, 자기가 낄 이야기가 아니라고 생각했는지 바로 작업으로 복귀했다.

더그는 귀족을 향해 소름 끼치도록 격렬한 분노를 드러냈다.

"귀족 멍청이들을 위해서 싸운 게 아니야. 백성을 위해 목숨을 걸고 싸운 거지. 우리가 싸우지 않으면 백성들이 고통받으니까. 우린 한 번도 귀족을 위해 싸우지 않았어. 그런데 자리를 물려받은 영주가 하루아침에 우릴 버렸다."

엠마는 현 당주 이야기가 나오자 참견했다.

"그렇지 않아요!"

"뭐가 아니라는 거냐. 이 부대를 보면 모르겠나? 필요 없는 녀석들을 모아 처넣은 이 메레아가 가장 큰 증거다. 지금의 영주는 우릴 이런 곳에 처박았다."

"그, 그건……."

이마에 핏대가 설 만큼 흥분했던 더그가 화를 가라앉혔다.

그는 씁쓸한 마음을 엠마에게 토로했다.

"사정을 모르는 백성들은 좋아했겠지. 군이 재편되면 해적을 무서워하지 않아도 되니까."

필사적으로 싸운 더그 같은 군인들은 민중에게도 배신당한 기분이었을 것이다.

엠마는 반론하고 싶었지만, 무슨 말을 해도 더그에게 전해지지 않을 것 같아 포기했다.

"메레아의 사령관은 만나봤지? 그 사람도 한때는 혈기왕성하게 백성을 위해서 목숨을 걸고 싸웠었어. 하지만 새로운 영주님에게 버림받았지. 이 녀석과 마찬가지 신세인 거야."

더그가 엄지로 모헤이브를 가리켰다. 모헤이브는 수리 불가능한 파츠를 교체로 쉽게 해결할 수 있다. 그는 그런 점이 자신과 똑같다고 엠마에게 가르쳐주고 싶었을 것이다.

"군을 재편한 후, 그들은 우리를 변방으로 보냈어. 멋대로 어디선가 죽었으면 좋겠다고 생각했는지도 모르지. 여기는 군함이고 기동기사고 전부 낡아빠진 것뿐이니까."

"그, 그건 여러 가지 문제가 겹쳐서 그런 걸 수도……."

주요 전력을 중요한 곳에 우선 배치할 거고, 장비도 재정 상황이 나쁘다면 즉각 바꿔주기는 어렵다. 구식이라도 써야 하는 상황이 있는 법이다.

하지만 더그는 현 당주를 원망하고 있으니 무얼 말해도 통하지 않으리라.

"사실, 이유 같은 건 중요하지 않아. 진짜 중요한 건 어쨌든 우리는 이곳에 버려진 처지라는 거지. 다들 군에서만 일했기에 이제는 달리 갈 곳도 없는 녀석이야. 아가씨, 몰리가 이 배에 있는 이유를 알고 있나?"

"아, 아뇨."

일하고 있는 몰리를 살짝 봤는데 평소의 태도와는 다르게 진지하게 정비를 하고 있었다.

"저 녀석은 고아원에서 자랐어. 홀로 생계를 이어가라면 기술이나 자격이라도 얻어야 했지. 몰리는 그 기술을 배우고 싶었던 거지, 딱히 군인이 되고 싶었던 게 아니야."

생계를 위해 군에서 기술을 배워 일반사회로 돌아가는 건 그리 드문 이야기가 아니다.

군인이 되면 복무 기관과 맞바꾸어 큰돈이 드는 자격증을 무료로 딸 수 있다.

"몰리가 성격은 저래도 정비만은 절대로 대충 하지 않아. 하지만 시간을 잊고 열중하는 버릇이 발목을 잡았어. 결국 상관의 노여움을 사서 이곳에 오게 되었지."

"그랬군요."

몰리는 여전히 모헤이브의 조정을 하고 있었다. 땀투성이가 되면서도 어딘지 기뻐 보였다.

"래리도 마찬가지야. 저 녀석은 원래 기사 지망생이었어."

"래리 씨가요?"

의외의 이야기였다.

"기사가 되려면 어릴 때부터 교육 캡슐을 꾸준히 사용해야 하지. 그러나 녀석은 시간이 부족했어. 나이가 먼저 차는 바람에 기사가 될 수 없었지. 저 녀석은 아가씨가 부러울 거야. 래리도 처음 여기 왔을 때는 아가씨처럼 의욕적이었어."

"래리 준위가 성실했다니, 상상이 안 돼요."

"지금 모습만 보면 그렇겠지. 어떤 성실한 녀석이라도 여기에 오래 있으면 썩을 수밖에 없는 거야."

엠마는 부대에 상상 이상으로 뿌리 깊은 문제가 있다는 걸 깨달았다.

이야기를 마친 더그가 자리를 떠나면서 마지막으로 못을 박았다.

"우린 이제 마음이 꺾였어. 미안하지만 아가씨의 군대놀이에 끌어들이지 말아줘."

군대놀이.

군대답지 않은 메레아의 군인들의 사정을 들었지만, 엠마는 뾰족한 답이 나오지 않았다.

자신이 무엇을 할 수 있는가? 무엇을 하면 좋은가?

마음이 꺾여버린 이 부대에 무엇을 하면 그들이 다시 일어설 수 있는가?

울상이 된 엠마는 천장을 올려다봤다.

"난, 정말 아무것도 못 하는 글러먹은 기사야."

꺾여버린 군인들의 마음을 치유하는 건 간단하지 않으며 엠마에겐 그만한 힘도 없다.

엠마는 눈물을 닦았다.

그리고 기합을 넣었다.

"──하지만 이런 곳에서 끝날 순 없어! 아무것도 할 수 없어도, 그래도 나는!"

그때 정비가 일단락된 몰리가 다가왔다.

"기합을 넣는 건 좋은데. 뭘 어쩌려고?"

혼잣말하는 걸 들킨 엠마는 부끄러워서 시선을 이리저리 돌리며 이야기했다.

"이, 일단은 트레이닝? 우선은 몸을 단련해서 강해져야 하지 않을까."

에헤헤헤 하고 웃으며 얼버무리자 몰리가 기막혀했다.

"엠마는 사실 근육뇌 타입?"

생각하는 것보다 몸을 움직이는 걸 더 좋아하니 몰리의 말이 옳을지도 모른다.

하지만 엠마는 지적인 기사를 더 좋아했다. 번필드가의 영주는 힘은 물론, 지성도 겸비했다.

그를 목표로 삼은 엠마 역시 그렇게 되고 싶었다.

"내가 머리가 좋은 편은 아니지만, 그건 앞으로의 과제라고나 할까……."

주눅이 든 엠마를 보고 몰리가 웃었다. 여전히 반말투였다.

"엠마는 재밌네. 뭔가 기사답지 않아."

"그, 그런가? 역시 믿음직스럽지 않아?"

"그래도 나보다는 나은 편이겠지. 그 왜, 난 성격이 이렇잖아? 그래서 어딜 가도 혼난단 말이야. 좀 더 진지하게 해라! 하고."

몰리는 어깨를 으쓱이며 웃었지만, 얼굴은 도리어 약간 슬퍼 보였다.

메레아에 배속되기 전까지 여러 일이 있었을 것이다.

하지만 자세한 이야기는 할 생각이 없는 듯했다.

몰리는 기지개를 켜고 파츠가 켜켜이 쌓인 컨테이너 쪽으로 걸어갔다.

그런 몰리를 보고 엠마는 고개를 갸웃했다.

"계속 일하는 거야?"

정비는 이미 끝났을 텐데 몰리는 파츠의 산 앞으로 도구를 들고 갔다.

파츠의 산에서 신경 쓰이는 부품을 꺼내서 그걸 바라보기 시작했다.

"아, 이건 일이 아니라 취미야."

"취미라니?"

"그, 번필드가는 우주쓰레기를 철저하게 긁어모으잖아?"

"으, 응. 우린 그런 면에서 엄청 엄격하다고 들었어."

"그때 주워 모은 보물이야."

우주에는 다양한 이유로 우주쓰레기—— 데브리가 발생한다.

그것들을 우주에 그냥 방치하는 건 위험하니 보통은 정리하는 것이 규칙이다.

하지만 그런 규칙을 성실하게 지키는 제국 귀족은 적다.

번필드가에는 예외적으로 데브리를 철저하게 모으라는 명령이 내려져 있다.

메레아는 몇 번이나 쓰레기 줍기에 동원되었고, 그때마다 몰리가 쓸 만한 파츠를 보물이라 칭하며 모으는 것 같았다.

격납고 일부를 멋대로 점거한 몰리는 거기에 갖가지 기동기사 파츠나 무기를 늘어놓고 있었다.

원래라면 문제지만, 지금의 메레아는 몰리의 행동을 지적할 생각이 없는 듯했다.

그것만 봐도 사기가 낮은 게 드러났다.

하지만 엠마는 몰리가 모으고 있는 파츠와 무기류를 넋을 잃고 보았다.

"이거, 정규 파츠가 아니었어?"

벽에 걸린 파츠와 무기류는 정비되어서 언제든지 쓸 수 있게 되어있었다.

데브리 속에서 수거된 그 파츠들을 몰리가 직접 정비하고 있었다.

몰리가 코 아래를 손가락으로 문질렀다.

"꽤나 힘썼다고. 마음에 드는 건, 얘!"

몰리가 가리킨 건 말뚝이 달린 무기였다.

엠마는 고개를 갸웃했다.

"이거, 어떻게 쓰는 거야?"

몰리는 말뚝에 손을 대더니 신나서 엠마에게 설명했다.

"적에게 접근하고 말뚝을 발사해서 박는 거야! 좀처럼 볼 수 없는 보물인데, 이름은 파일 벙커야."

이름을 듣고 엠마는 기사 학교에서 배운 걸 기억해냈다.

화약을 사용해서 말뚝을 박아넣는 무기이다. 유효 거리가 매우

짧기에 조종사의 기량이 중요하다.

게다가 몰리가 정비한 파일 벙커는 한 번밖에 못 쓰는 타입이었다.

"화, 확실히 보기 드문데, 이런 희귀한 무기를 용케도 찾아냈네."

"처음 찾아냈을 때는 흥분했다고~."

기뻐하는 몰리를 보고 있으니 당장 그만두라는 말은 할 수 없었다.

다만 엠마는 몰리의 정비사로서의 기량에 감탄했다.

(이것들을 전부 혼자서 정비할 정도면 실은 대단한 실력인 거 아닐까?)

엠마가 장식된 파츠와 무기를 보고 있으니 몰리가 머리를 긁으며 시선을 돌렸다.

"역시, 문제이려나? 최근엔 더그 씨한테도 자리를 너무 많이 차지한다고 혼났어. 래리도 부정적인 모양이고."

아무래도 주위 사람에게 불평을 듣고 있는 듯했다.

엠마 또한 그만하라고 말해야 한다.

하지만.

"멋대로 자리를 쓰는 건 안 되지만, 허가를 받으면 가능하지 않을까? 일단 내가 팀 사령관님께 보고해둘까?"

그렇게 말하자 몰리는 깜짝 놀라더니 웃는 얼굴로 엠마를 껴안았다.

"엠마 고마워!"

"어? 으, 응?"

몰리가 안겨서 호의를 표하니 엠마는 어째서인지 기뻐서 눈물이 날 것만 같았다.

메레아에 와서 처음으로 환영받은 것 같은 느낌이 들어서.

몰리는 엠마한테서 떨어지더니 이번에는 방금까지 손봤던 모헤이브에게 시선을 돌렸다.

대장기── 엠마의 기동기사였다.

"좋아! 그럼 나도 힘내서 엠마의 기체를 마무리해볼까."

"이거, 내 기동기사였구나."

머리의 디자인이 다르기만 한 모헤이브를 올려다보니 몰리가 신나게 이야기했다.

"기동기사는 기사와 일반 파일럿의 조정이 달라. 기사용 조정은 처음이고, 그리고 복잡해서 힘들었어. 애초에 메레아에서는 기사용으로 조정하는 아이는 이 아이뿐이라 별도로 작업해야 해."

몰리는 힘들다고 말하면서도 애착이 있는 모습을 보였다.

엠마는 그런 몰리가 싫진 않았다.

"그렇구나. 이 아이가 나의 기동기사."

"응! ──그러니까 절대로 부수면 안 된다? 새 기체를 마련하는 건 엄청나게 힘드니까."

마지막으로 몰리가 부수지 말라며 정색하는 얼굴로 못을 박았다.

"서, 선처하겠습니다."

◇

다음 날.

엠마는 휴식 시간에 트레이닝 룸에 와있었다.

이번에는 스포츠웨어로 갈아입은 몰리의 모습도 있었다.

"힘내라~."

옆에서 의욕 없는 성원을 보내는 몰리에게 응답하듯이 엠마는 기합을 넣으며 자신의 몇 배나 되는 중량을 벤치 프레스로 들어 올리고 있었다.

"흐읍!"

특별히 체격이 다부지지 않은 엠마가 고중량을 들어 올리는 모습에 몰리가 박수를 보냈다.

"대단해! 우리 소대 남자들도 이건 못 들어 올릴 거야."

휴식에 들어간 엠마가 호흡이 흐트러진 채로 몰리에게 이 정도는 기사라면 누구든지 할 수 있다고 설명했다.

"나도 일단은 기사니까. 학교에서도 몸을 움직이는 건 자신 있었어. 성적도 더 좋았는걸! ……약간이지만."

"역시 엠마는 근육뇌야."

생각하는 것보다 움직이는 게 더 자신 있다고 하는 엠마를 보고 몰리는 실실 웃었다.

그리고 약간 진지한 표정을 지었다.

"그보다 앞으로 어떡할 거야? 엠마가 혼자 노력한들 아무것도 변하지 않는데?"

엠마 혼자 노력한다고 하더라도 메레아의 현재 상황은 변하지 않는다.

그건 본인도 잘 알고 있었다.

"괜찮아. 내가 노력하는 건 내 마음이니까."

"모두를 위해 노력하는 거 아니야?"

"내 멋대로 모두를 위해 노력하는 거야. 난 정의의 기사를 동경하니까."

정의의 기사.

누구보다도 강하고, 어떤 곤경에도 맞서는 자.

엠마 안에서 이상적인 기사란 어비드—— 즉, 현 번필드가의 당주였다.

"분명 정의의 기사는 이런 상황을 방치하지 않을 거야."

몰리는 엠마의 이야기를 듣고 기막혀했지만 재밌다는 듯이 웃었다.

"남자애 같은 대사네."

"아니야! 그, 여자애답지 않다는 말은 자주 듣긴 했지만……."

엠마는 여자애답지 않다며 놀림 받은 과거가 있다.

자신도 남자 같은 면이 있다고 생각하지만, 역시 마음으로는 여자라고 강하게 생각하고 있었다.

한 번은 성전환을 권유받았지만, 왠지 싫어서 거절했다.

자신이 가지고 태어난 성별이니 그대로 있고 싶었다.

"주눅 드는 모습이 꽤 귀엽네."

몰리의 말을 듣고 엠마는 얼굴을 새빨갛게 물들였다.

"그, 그만해~! 갑자기 그런 말을 들으면 어떤 표정을 지으면 좋을지──."

그때 소란스러운 함내 방송이 울려 퍼졌다.

의욕이 느껴지지 않는 오퍼레이터가 현재 상황을 전달했다.

『지금부터 우주항모 메레아는 1시간 후에 대기권에 돌입한다. 각 인원은 정해진 위치에서 대기하라.』

행성 에리아스.

구 버클리령이었던 이 행성은 자연이 풍성한 곳이었다.

하지만 사람이 살 수 있는가는 별개의 문제.

아무리 자연이 풍성하고 인간에게 적합한 기후라고 해도, 어떤 생물이 서식하는가에 따라서 대답이 달라질 수 있다.

버클리가는 이 행성을 제대로 조사한 기록이 없었기에, 번필드가가 조사단을 파견하게 되었다.

경항모 메레아는 튼튼한 것이 장점이라 대기권 안에서도 운용할 수 있다.

행성조사단은 함선에서 내리자마자 바로 거점 건설에 착수했다.

커다란 중장비로 3D프린터처럼 건물을 건축해 나갔다.

메레아에 실어둔 조사용 설비도 차례차례 운반됐다.

우주용 파일럿 슈트로 갈아입은 엠마는 초조하게 그 모습을 바라보았다.

"여러분, 여기가 미개척 행성이라는 걸 잊진 않았나요?"

미개척 행성을 조사할 때는 위험에 대비해 우주복 등 슈트를 착용하는 것이 군의 규정이다.

무슨 바이러스가 나돌지 모르는 상황이니 당연한 일이었다.

하지만 더그와 래리는 지상용 파일럿 슈트 차림이었다. 평소의 복장 위에 재킷을 착용했을 뿐이다.

다른 사람들 또한 마찬가지였다. 심지어 몰리는 평소와 다름없이 노출이 많은 차림이었다.

착실하게 우주용 파일럿 슈트를 착용한 엠마가 바보같이 느껴질 지경이었다.

래리가 작게 한숨을 쉬고 엠마의 모습을 찬찬히 살펴봤다.

"흠~."

시선을 느낀 엠마는 부끄러워져서 헬멧으로 가슴팍을 가렸다.

"뭐, 뭐예요?"

그러자 래리가 코웃음 쳤다.

"기사용 파일럿 슈트는 특별하다고 들었는데, 우리 거랑 별 차이 없는 것 같네."

육체 강화를 받은 기사에게는 전용 파일럿 슈트가 지급된다.

하지만 메레아에서 엠마에게 지급된 파일럿 슈트는 일반 파일럿과 똑같은 물건이었다.

팀 대령이 말하길 『우리는 기사용 파일럿 슈트가 없다』라고 한다.

엠마는 울컥했다.

"메레아에 기사용 슈트가 없어서 일반 슈트를 입은 거예요!"

"좌천당한 기사다운 사정이군."

래리가 작게 웃자 옆에 서 있던 더그가 그 태도를 나무랐다.

"래리, 말이 너무 심하다."

"──죄송합니다."

래리는 엠마에게 강경한 태도지만 아무래도 더그에겐 대들지 못하는 모양이다.

둘의 관계를 보면서 엠마는 자신을 타일렀다.

(내가 대장이니까 좀 더 똑바로 해야 해!)

"어쨌든! 두 분 다 규정대로 슈트를 착용해주세요! 제가 제3소대의 대장이 됐으니 규칙을 따라주셔야겠습니다."

엠마가 이끄는 부대는 제1중대의 제3소대다.

제3소대가 사용하는 모헤이브에는 『103』이라는 숫자가 그려져 있다.

의연한 태도를 유지할 것을 명심하고 있지만, 엠마는 소대에서 가장 어렸다. 아무래도 박력이 부족했다.

몇 있지도 않은 부하들이 깔보고 있는 것 같은데, 특히 심한 사람이 래리였다.

엠마가 대장답게 행동하니 그게 아니꼬웠는지 엠마의 약점을 파고들었다.

"그러고 보니 D랭크는 폐급이라는 뜻이었지? 폐급의 지시를 들을 이유가 있을까."

"뭐라고요?! 그, 그건 지금은 상관없잖아요?!"

D랭크 폐급 기사.

그것은 엠마에게 있어서 괴로운 현실이었다.

동경하는 기사가 되었는데 자신은 제 역할을 하지 못하는 D랭크 기사——그 사실이 부담돼서 둘에 대해 어딘지 열등감이 느껴졌다.

이런 자신이 대장을 해도 괜찮을까? 그런 마음이 엠마를 움츠러들게 했다.

말싸움이 벌어지려 하니 한숨을 쉰 더그가 엠마에게 주위의 모습을 보라고 말했다.

"아가씨는 좀 더 주위를 보는 게 어때? 조사단에도 작업복을 입은 녀석들이 있잖아?"

더그의 말을 듣고 주위를 보니 작업복 차림으로 일하는 조사단 직원이 있었다.

"어, 그— 뭐, 있는데요……."

"사전에 어느 정도의 조사는 끝냈대. 이번 일은 마무리 단계라고 하더군."

"네?"

"번필드가는 무인기를 먼저 투입하니까."

사전에 무인기를 투입해서 조사를 진행했고, 인류에게 극단적으로 위협이 될 만한 존재가 없다는 걸 확인했다고 한다.

엠마는 황급히 자신의 단말기를 확인했다.

팔을 만져 단말기를 켰는데 그런 정보는 없었다.

"나, 나는 아무것도 전달받은 게 없는데. 메레아의 데이터베이스에도……."

사전에 임무 내용은 확인했지만 두 사람이 알고 있는 정보는 엠마에겐 전달되지 않았다.

래리가 데이터베이스에 없는 이유를 설명했다.

"조사단 녀석들이 이번에 무인기 회수도 한다면서 우리한테 상의하러 왔어."

"모, 몰랐어요. ──어? 자, 잠깐만요. 상의하러 왔다는 이야기도 전 못 들었는데?"

"말 안 했으니까."

무정한 대답으로 엠마를 대화의 장에 부르지 않았다고 하는 래리는 미안해하는 기색도 없었다. 엠마는 그걸 용서할 수 없었다.

"?! 어째서죠!!"

"딱히 필요 없잖아."

"그게 문제가 아니에요!"

귀찮아지겠다 싶은 더그가 둘의 말싸움을 말렸다.

"거기까지 해. ──뭐, 그렇게 됐으니 지상용 장비를 써도 괜찮다고 한다. 애초에 콕핏에서 나오지도 않는 우리가 신경 써도 별수 없겠지만. 이제 됐나, 아가씨?"

아직 불만 있나? 그런 질문을 받은 듯한 느낌이 든 엠마는 더그에게서 시선을 돌리고 고개를 끄덕였다.

"──네."

낙담하는 엠마의 모습을 본 래리는 내뱉듯이 말했다.

"이 정도로 낙담하지 말라고."

엠마가 없어지자 더그와 래리에게 몰리가 다가왔다.

보폭이 크고 누가 봐도 화내고 있다는 분위기를 내서 더그와 래리도 한숨을 쉬었다.

몰리는 래리에게 다가가서는 얼굴을 가까이에 대고 화내기 시작했다.

"래리, 너 엠마 괴롭혔지? 혼자만 따돌렸다면서."

"너랑은 상관없잖아."

"있어! 나도 제3소대의 일원이거든요~."

몰리가 따지고 드니 래리는 거북해했다.

팔짱을 낀 더그는 래리의 행동에 주의를 줬다.

"네가 기사를 원망하는 건 이해하지만, 아가씨랑은 상관없는 일이잖아. 이번 건 너무 심했어."

래리의 과거에 무슨 일이 있었는지를 아는 더그는 이번 일을 그다지 꾸짖지 않았다.

몰리는 그걸 참을 수 없는 모양이었다.

"더그 씨, 래리한테 너무 물러! 나중에 엠마한테 사과해."

래리는 어금니를 꽉 깨물고 미간을 한껏 찌푸린 채 대답했다.

"──기사 놈들은 쓰레기 집단이야. 그 녀석도 곧 우릴 깔보게 될 거라고."

래리는 그렇게 말하고 빠르게 자신의 모헤이브의 콕핏으로 가 버렸다.

◇

출격 전.

아직 시간도 있어서 엠마는 우주용 파일럿 슈트를 입은 채로 조사단의 책임자를 만나러 갔다.

원래라면 더그나 래리에게 이야기를 들어야 하지만, 약간의 불신감을 품은 엠마는 책임자에게 직접 확인하기로 했다.

더 이상 모두의 발목을 잡는 건 사양이었지만──.

"뭐어?!"

──엠마는 입을 크게 벌리고 아연실색했다.

책임자는 풍채 좋은 남자였다.

수염을 무성하게 길렀고, 행색에 신경을 쓰지 않았다.

작업복 차림의 남자는 엠마의 반응에 당황한 기색이었다.

"아니, 분명 말했어. 대장님들을 모아줬으면 한다고. 개별로 설명하면 귀찮으니까. 같은 함선 안에 있으니 이야기도 듣고 싶었고."

이야기를 들어보니, 조사단의 책임자는 기동기사 부대의 대장들을 모아 설명할 생각이었다고 한다. 그때 호위 중의 주의사항 등도 설명했다고 한다.

책임자가 의아해했다.

"내가 확인했을 때는 모두 있다고 했는데…… 아니었나?"

당황한 책임자의 모습을 보고 엠마는 사정을 짐작했다.

래리는 단순히 전달을 소홀히 한 것이 아니라 대장들을 모아서 이야기하는 곳에 의도적으로 엠마만을 부르지 않았다.

다른 일이라면 단순한 괴롭힘일지도 모르지만, 이곳은 군대다. 까딱 잘못하면 죄가 된다.

더그도 마찬가지다. 사정을 알면서 엠마에겐 입을 다물고 있었다.

래리 일행의 괴롭힘에 엠마는 화를 냈다.

중요도가 높은 이야기가 아닐지도 모르지만, 그건 변명이 안 된다.

엠마가 부하들의 행동에 골을 썩이고 있으니 작업복 차림의 젊은이가 달려왔다.

책임자의 부하가 상사에게 보고하러 온 듯했다.

"실례합니다. 이 부근에 보낸 무인기의 반응이 갑자기 끊겼습니다."

부하가 단말기로 지도를 불러내며 이야기했다.

"흠, 미안하지만 일이 바빠서 이만 실례하겠네. ——이 주변은 무슨 문제라도 있는 건가? 현지에 들어갈 때는 장비를 갖추는 편이 좋은가?"

두 사람이 떠나가는 것을 보면서 엠마는 하늘을 향해 분개했다.

"이 부대는 어떻게 된 거야!!"

◇

사정을 알고 험상궂은 표정을 지은 엠마가 격납고에 돌아오자 몰리가 달려왔다.

"엠마, 어디 갔었어?"

몰리는 엠마가 오기를 기다리고 있었던 모양이다.

엠마는 작게 한숨을 쉬고 몰리에게 화풀이하지 않도록 기분을 전환했다.

"직접 조사단 사람에게 확인하고 왔어."

정비병이라 이번 일과 관계가 없는데도 몰리가 미안해했다.

"미안해. 래리랑 다른 사람들은 혼내뒀어. 엠마 화 많이 났지?"

"……화 안 났어. 이 상황이 좀 황당할 뿐이야."

엠마는 중얼거리듯이 말하고 트랩을 올라 모헤이브의 콕핏으로 향했다.

"역시 화났잖아."

뒤에서 몰리의 슬픈 목소리가 들렸지만, 엠마는 열린 해치로 안을 들여다봤다.

모헤이브의 구식 콕핏을 보고 엠마는 마음이 복잡해졌다.

(기능이 이것뿐인가. 네반과 비교할 상황이 아니지만, 역시 마음에 걸려.)

엠마 옆에는 어느새가 단말기를 조작하고 있는 몰리가 서 있었다.

"조정은 끝냈지만, 기사용은 처음이니까 문제가 있으면 바로 말해줘."

　일반병과 기사가 타는 기동기사는 애초부터 기체의 조정 방법이 다르다.

　그래서 엠마의 기체는 다른 기체보다 조정이 어려웠다.

　엠마는 헬멧을 쓰면서 몰리에게 의문을 던졌다.

　"모헤이브에는 기사용 조정 포맷이 있잖아?"

　"아, 몰랐어? 메레아에서 기사용 조정을 한 것도 처음이고, 나도 기사용 기동기사를 만진 건 처음이야."

　"어…… 그건 좀 불안한데."

　갑자기 불안한 말을 들었지만, 일단 엠마는 콕핏 안으로 들어갔다.

　해치를 닫기 전에 몰리가 콕핏 안으로 얼굴을 내밀었다.

　"안심해. 일단 정비 실력은 칭찬받았으니까."

　"그래?"

　몰리는 코 아래를 손가락으로 문질렀다.

　"군사 학교에서는 정비 실력은 문제없다고 했어."

　정비 실력 외에는 문제가 있다는 말이었다.

　(그래도 폐급인 나보다는 나으려나?)

　"──알겠어. 그럼 믿고 갈게."

　"힘내~."

　몰리가 밖으로 나가고 모헤이브의 해치가 닫혔다.

　동시에 모니터가 가동되고 주위의 영상이 표시되었다.

우주용 파일럿 슈트를 착용한 엠마는 바이저를 달을지 말지 잠깐 고민했다.

"산소가 아까우니 이대로 가도 괜찮으려나?"

그때 모니터 한쪽에 작은 창이 떠올랐다.

화면에는 브릿지에 있는 남자 오퍼레이터의 모습이 비쳤다.

그는 의욕 없는 태도로 엠마 일행에게 명령했다.

『전원, 이제 곧 시간이다. 슬슬 교대하고 각자 맡은 자리로 가라. 그리고 이번엔 기사 아가씨가 있으니까 보조해줘.』

오퍼레이터조차 기사인 엠마를 아가씨라 불렀다.

하지만 아무도 그걸 나무라지 않았다.

같은 소대의 더그가 아는 사이인 오퍼레이터에게 농담을 지껄였다.

『돌봐주는 것도 일인데? 수당은 주겠지?』

『그런 건 상부에 말해.』

이번엔 엠마를 무시하고 래리가 말했다.

『더그 씨, 슬슬 안 나가면 공주님한테 혼나요.』

래리가 말한 공주님이라는 말에 엠마는 의문을 가졌다.

"공주님? 그게 누구죠?"

『넌 몰라도 돼.』

"잠깐만!"

래리는 이상하게 여기는 엠마에게 대답하지 않고 통신을 끊어버렸다.

도를 넘은 태도에 엠마는 화가 났지만, 지적하기도 전에 부하들의 모헤이브가 멋대로 움직이기 시작했다.

엠마를 방치하고 걷기 시작하더니 먼저 밖으로 향했다.

『일하기 싫다. 얼른 끝내고 술이나 마시자고.』

『더그 씨는 항상 그러잖아요?』

먼저 가버리는 두 사람이 탄 모헤이브의 등을 보면서 엠마는 얼굴을 붉혔다.

"제3소대, 지금부터 호위 임무에 착수합니다!"

분발하는 엠마에게 오퍼레이터가 아무렇게나 대답했다.

『오~, 힘내라고~.』

엠마가 이끄는 제3소대는 거점 건설을 진행하는 조사단의 호위를 맡았다.

그래서 엠마가 탄 모헤이브는 거점 근처에 서서 주위를 경계하고 있었다.

하지만 위험이 적은 행성이라 엠마 이외의 모헤이브는 긴장이 풀려있었다.

총을 들고 있긴 했지만 그뿐이었다.

엠마의 콕핏에는 다른 파일럿들의 대화가 들려왔다.

『심심하네.』

『좋은 거잖아?』

『누가 재밌는 이야기라도 해줘.』

다른 부대 파일럿들의 이야기가 들려왔다. 소대 내부의 통신이 아니라 메레아 전체의 통신을 쓰고 있기 때문이다.

(임무 중이라는 자각이 너무 없잖아. 그리고——.)

엠마는 자신이 탄 모헤이브의 콕핏이 신경 쓰였다.

모헤이브의 콕핏은 비좁은 데다가 심각한 문제까지 있었다.

지금까지 과연 몇 명이 여기 앉았을까.

다른 사람의 냄새와 익숙하지 않은 냄새가 나서 가만히 있기만 해도 괴로웠다.

"……이상한 냄새가 나."

푸념을 중얼거리는 엠마에게 다른 소대의 모헤이브 세 기가 접근해왔다.

엠마가 탄 모헤이브와 마찬가지로 바이저 장식이 달린 대장기가 말을 걸어왔다.

『여어, 들었다고. 아가씨는 페급 D랭크 기사라면서?』

머리를 올백으로 넘긴 여자 파일럿이 모니터에 나타났다.

눈매가 날카롭고 얼굴이 무서운 여자는 콕핏에서 술병을 들고 있었다.

지상용 파일럿 슈트는 벗고 위에는 탱크톱을 입은 모습이었다.

얼굴이 어렴풋이 빨간 것을 보니 아무래도 임무 중에 술을 마시고 있었던 모양이다.

"지금은 임무 중이에요! 무슨 생각을 하는 거예요!"

여자 파일럿의 모습을 보고 성내니 상대는 깔보듯이 웃기 시작했다.

『성실한 기사님이네. 그런데 말이야, 기동기사 조종조차 제대로 못 한다면서? 뭣하면 나랑 승부를 내자.』

이야기하는 상대는 같은 중대의 다른 소대—— 제4소대의 대장이었다.

수행기 두 기도 대장기와 마찬가지로 엠마가 탄 모헤이브에게 근접전용 창을 겨누었다.

갑자기 기동기사 셋이 창을 겨누자 엠마는 깜짝 놀랐다.

"잠깐만요!"

너무 심한 행동에 주의하려고 한 엠마가 자신의 부하들을 힐끗 봤다.

엠마의 시선을 따라 모헤이브의 머리가 두 기를 향했다.

엠마는 아랫입술을 깨물고 눈물을 글썽였다.

더그와 래리도 엠마보다 상대에게 더 동료 의식을 품은 것 같았다.

초조해하는 엠마의 표정을 보고 사정을 헤아린 제4소대의 대장이 비웃었다.

『부하한테도 버림받은 거야? 약한 기사란 비참하네! ──너 같이 약한 주제에 이상만 늘어놓는 녀석을 보고 있으면 짜증 난다고!』

여자 대장의 모헤이브가 거리를 좁혀오자 엠마는 순간적으로 조종간을 잡고 재빠르게 움직였다.

거의 반사적인 행동이었다.

지금까지 쌓아온 것이 이 돌발 상황에 최적의 행동을 취하려 했다.

하지만 결과는 네반을 조종했을 때와 같았다.

첫 출전 때와 마찬가지로 자신이 원하는 움직임과 어긋남이 생겨나고 말았다.

"윽!"

재빠르게 반응한 엠마가 기체를 물리려고 했지만 네반보다 반응이 느린 탓에 조작이 더 답답했다.

(안 돼! 쓰러지겠어!)

넘어지는 걸 피할 수 없다고 판단한 엠마는 곧바로 조사단원들이 발치에 없는 것을 확인했다.

그대로 조사단에게 피해가 가지 않도록 조심하면서 쓰러졌지만, 기동기사 정도로 몸집이 크면 아무래도 피해가 생기고 만다.

주변이 약간 흔들리고 흙먼지가 일어서 큰 소란이 일어났다.

꼴사납게 쓰러진 엠마의 모헤이브를 보고 제4소대 사람들이 말을 잃더니, 입을 크게 벌리고 크게 웃기 시작했다.

『설마 넘어진 거냐!』

『역시 기사님이야. 넘어지는 모습도 품위 있어.』

『조금 위협했을 뿐인데 이 꼴이라니, 진짜 폐급이구나.』

세 기의 모헤이브들은 그대로 어딘가로 떠나갔다.

제4소대는 귀찮아지기 전에 이 자리를 뜰 생각인 듯했다.

콕핏 안에서 그런 제4소대의 모습을 보면서―― 엠마는 이를 갈았다.

같은 제3소대의 동료인 부하들이 느긋하게 다가와서 엠마의 모헤이브를 일으켰다.

통신을 통해 래리의 어이없어하는 표정이 화면에 나타났다.

『진짜 전혀 조종 못 하는 거였냐.』

"――죄송합니다."

자기도 모르게 사과해버린 엠마를 보고 래리는 노골적으로 혀를 찼다.

『기사가 사과하지 말라고. 기사라면 좀 더――!』

뭔가 말하려고 했지만 래리가 고개를 젓고 떠나갔다.

더그는 담담했다.

『아가씨가 기사가 된 게 이해가 안 되네. 혹시 기사가 부족해서 아무나 기사로 채용하고 있나?』

"그, 그건……."

번필드가에 기사가 부족하다는 건 군에 있으면 모두가 아는 이야기였다.

기사 육성을 서두른 나머지 하자가 있는 기사만 늘고 있는 게 아닌가? 그런 의문을 품은 더그에게 엠마는 아무런 대답도 하지 못했다.

『뭐든 생각 없이 정하니 이렇게 되지. 명군이라더니만, 예전 영주랑 다를 것 없군.』

엠마가 동경하는 인물이 무시당했지만, 추태를 보인 뒤에는 무슨 말을 해도 변명밖에 안 된다.

(그분은 나쁘지 않은데. 하지만 내가 실패하니까 무슨 말을 해도 소용없어. 난── 스스로가 한심해.)

분해서 입을 다물어버리자 더그가 차가운 말을 했다.

『열심히 하는 건 좋지만, 적어도 발목은 잡지 마. 귀찮은 일은 사양이라고. 우리한테 기대도 하지 마. 나도 래리도 심적으로는 제4소대의 공주님 편이다.』

놀랍게도 제4소대의 여자 대장이 『공주님』 취급을 받는 인물이었다.

나이로는 엠마보다 훨씬 연상이지만 그런 건 상관없는 모양이다.

　"공주님?"

　엠마가 놀라서 무심코 중얼거렸는데 더그는 부끄러워하는 기색도 보이지 않았다.

　『귀엽잖아. 저 아이도 옛날엔 순진하고 성실한 군인이었다고.』

　그런 공주님도 마음이 꺾이고 말았다.

　직접 말하진 않았지만, 엠마도 더그가 말하고자 하는 바를 이해했다.

　메레아의 오퍼레이터와의 통신이 열렸다.

　『엠마 로드먼 소위. 당장 격납고로 돌아와라. 나 참, 쓸데없는 짓을 하는 기사로군.』

　쓸데없는 일을 늘린 엠마에 대한 불평도 함께 했다.

　엠마는 콕핏 안에서 고개를 숙였다.

　(결국 또 이런 식인가.)

　결의를 새로 다진 직후라서 엠마 안에서는 큰 실패로 느껴졌다.

　메레아의 격납고.

　기동기사 부대의 대대장에게 맞은 엠마는 볼이 약간 빨개져 있었다.

일반 군인이 기사인 엠마를 때린다고 해도 큰 타격은 못 준다. 상관에겐 그 점이 더더욱 괘씸했을 것이다. ──엠마는 몇 대나 맞았다.

하지만 지금은 맞은 것보다 마음이 더 아팠다.

모헤이브를 올려다보는 몰리가 낙담한 엠마에게 말을 걸었다.

"꽤 많이 맞은 것 같네."

"──미안."

"덕분에 난 오늘부터 밤을 새워야 하려나? 한동안 잠 못 잘지도~."

몰리는 장난스럽게 말했지만, 지금의 엠마에게는 농담이 통하지 않았다.

"지, 진짜 미안! 도와줄 수 있는 게 있으면 뭐든지 말해줘."

그런 엠마를 보고 몰리가 한숨을 쉬었다.

"──바~보. 당연히 거짓말이지."

"어?"

"얘는 구조가 단순해서 정비도 쉬워. 애초에 전장에 나가는 기동기사가 고작 넘어졌다고 부서질 리 없잖아?"

몰리는 낙담한 엠마를 위로하기 위해 농담을 한 듯했다.

엠마가 안도하고 가슴을 쓸어내렸다.

"다행이다."

"하지만 당분간은 못 움직여. 어시스트 기능을 일단 해제했으니까."

"왜?"

"재조정을 하는 거야. 기사용 기동기사는 조정이 어려우니까. 어시스트 기능을 한번 해제한 다음에 재조정을 하는 편이 좋아."

"그렇구나."

부쉈다면 시말서를 잔뜩 써야 했으리라.

엠마는 마음속으로 안도했다.

물론 임무 중에 넘어져서 폐를 끼쳤으니 어쨌든 시말서를 써야 하지만.

엠마는 자신이 타는 모헤이브를 올려다봤다.

발치에서 올려다본 모헤이브는 구조가 단조로워도 역시 거대한 인간형 병기다.

역시 박력이 있었다.

"안 부셔져서 다행이야. 그런 일로 부셔지면 불쌍하니까."

그런 엠마의 말을 듣고 몰리는 기쁜지 웃음을 지었다.

평소보다 더 즐거운 듯이 몰리가 말을 걸어왔다.

"엠마도 기동기사 좋아해? 나도 엄청 좋아해! 정비병이 된 것도 이 아이들을 정비하고 싶어서야."

"어, 그랬어?"

몰리의 이야기를 듣고 엠마는 놀라우면서도 기뻤다.

엠마는 몰리에게 물었다.

"그럼 어떤 기체가 좋아? 난 무조건 어비──."

이야기 중에 갑자기 커다란 폭발음이 들려왔다.

메레아의 격납고 해치는 열려있었고, 거기로 보이는 바깥의 경치에는 큰 연기가 피어오르고 있었다.

"뭐, 뭐야?!"

순간적으로 엠마에게 보호받은 몰리는 당황했다.

곧바로 일어선 엠마는 바로 자신의 모헤이브를 타기 위해 트랩을 뛰어오르며 소리쳤다.

"나도 바로 나갈게. 몰리는 빨리 피난해!"

"피, 피난?"

엠마는 멍하니 있는 몰리에게 무슨 일인지 간결하게 전했다.

"적습이야!"

◇

래리 크레이머 준위는 모헤이브의 콕핏에서 식은땀을 흘리고 있었다.

"저 우주 해적조차도 4형을 쓰고 있건만!"

모헤이브가 가진 총으로 빔을 쏘았지만, 적의 움직임이 빨라서 맞지 않았다.

적이 탄 기동기사는 통칭 『조크』. 모헤이브 4형을 개조한 기체다.

당연히 래리가 탄 2형보다 성능이 뛰어났다.

설상가상으로 해적의 기체는 특화 개수가 되어있었다.

91

『너희가 지상전 특화 사양인 우리를 이길 수 있겠냐!』

적의 목소리가 들려왔다.

적이 탄 조크는 지상전 사양으로 개조되어 있었다.

지면을 미끄러지듯이 이동하는 적 기체들.

주위의 지형을 속속들이 알고 있는지 래리와 더그 두 사람은 밀리고 있었다.

머신건을 가진 더그의 모헤이브가 넘어진 적기를 어떻게든 격파했지만, 2대3으로 수는 적이 더 많았다.

『래리, 최악이야. 공주님의 소대가 당했어.』

이런 상황에도 더그는 평소와 태도가 다르지 않았다.

"그러십니까! 그리고 지금은 우리가 당할 것 같은데요!"

래리가 보기에 공주님은 연배가 상당한 여자다.

그런 여자를 공주님이라며 치켜세우는 더그가 이해가 안 됐고, 이런 상황에도 걱정하는 게 화가 났다.

다만 동시에 마음이 조금 가벼워지고 농담을 할 만한 여유가 생겼다.

그래도 상황은 열세다.

머신건을 든 적기의 공격을 받자 콕핏 안이 심하게 흔들렸다.

"이래서 구식은!"

모헤이브를 욕했지만, 상황은 변하지 않는다.

접근해온 조크가 래리의 모헤이브를 걷어찼다.

땅에 쓰러지니 적의 목소리가 들려왔다.

『잡졸 놈이!』

『그런 고철로 뭘 하겠다는 거냐.』

포위된 모헤이브의 콕핏 속, 래리는 가슴을 움켜쥐고 있었다.

과거의 광경이 플래시백 됐다.

기사들에게 둘러싸였을 때의 광경이 떠올랐다.

분한 과거를 떠올린 래리는 조종간에 손을 뻗었다.

"이런 곳에서 죽을 순 없다!"

그는 모헤이브를 일으켰다.

호버 이동을 하는 적 조크들은 바주카를 꺼내 래리 일행의 후 방에 있는 조사단을 노리고 있었다.

"이런!"

래리가 실드를 들고 조사단을 지키려 했지만, 모헤이브가 버틸 수 있을지 불안했다.

죽음의 공포가 엄습한 순간, 아군의 모헤이브가 조크에게 발차 기를 날렸다.

『내 동료를 건들지 마아아아!!』

래리는 목소리를 듣고 누가 타고 있는지 알아차렸다.

"대장기?!"

날아차기에 모헤이브의 왼쪽 다리 부분이 조각조각 깨졌다. 발 차기에 당한 조크 역시 날아갔다.

래리는 기동기사가 날아차기를 하는 어이없는 광경에 경악했다.

"무, 무슨 무모한 짓을 하는 거냐!"

하지만 아군이 파괴된 것을 보고 있던 조크는 왼쪽 다리를 잃은 모헤이브에게 머신건을 겨눴다.

엠마의 모헤이브는 발차기를 날린 직후에도 버니어를 가동해 하늘을 날고 있었는데 밸런스가 나빠서 비틀비틀 날고 있었다.

그런 엠마의 모헤이브를 향해 조크는 머신건의 총구를 겨눴다.

하지만 엠마의 모헤이브는 가지고 있던 빔 라이플로 조크의 머신건을 쏘아서 꿰뚫어버렸다.

조크가 머신건을 놓자 탄창에 불이 붙어 폭발했다.

"저런 정밀한 사격을?! 우연인가?"

그때 콕핏 안에 경고음이 울렸다.

뒤돌아보니 엠마에게 차인 조크의 모습이 보였다.

너덜너덜한 상태로 일어나 바주카를 들고 있지만, 손상이 심해 호버 이동은 불가능한 듯했다.

"이런?! 이봐, 이제 됐어. 빨리 도망쳐!"

엠마의 모헤이브는 비틀비틀 날아다녔는데, 래리의 말을 무시하고 버니어의 출력을 올려 바주카를 쥔 조크에게 돌격했다.

조크의 바주카가 불을 뿜었고 그것은 엠마가 탄 모헤이브에게 향했다.

(이런?!)

바주카를 맞고 날아가는 모헤이브의 모습을 예상했지만, 탄이 엠마의 모헤이브를 비켜 지나쳤다.

두 기는 그대로 격돌해서 산산이 부서지면서 날아갔다.

한순간에 일어난 일이었지만, 래리는 엠마가 무엇을 했는지 금방 이해했다.

"그 상황에서 피한 건가?!"

믿을 수 없다. 그런 일이 정말로 가능한가?

래리가 혼란해하고 있으니 더그가 엠마의 모헤이브에게 달려갔다.

『방금 걸 아가씨가 한 건가?!』

미덥지 못한 소대장이 적에게 몸을 부딪칠 줄은 몰랐을 것이다. 래리도 더그와 같은 마음이었다.

"저 바보, 무슨 무모한 짓을 하는 거야!"

래리와 더그가 엠마를 도와주기 위해 무리하게 앞으로 나왔다.

우주 해적들은 수적으로 열세가 되자 동료를 버리고 그대로 철수했다.

그 움직임을 보고 더그는 적을 경계했다.

『좋은 판단력이군. 적은 성가신 놈들일지도 몰라.』

적을 좋게 평가하는 더그에 비해 래리는 부정적이었다.

"불리해졌으니까 도망쳤을 뿐이에요. 같은 편까지 버리는 정이 없는 놈들이라고요."

『그러니까 만만치 않은 거지.』

래리와 더그가 엠마의 모헤이브에 다가가니, 충격이 상당했는지 두 기의 파츠가 사방에 흩어져 있었다.

"이봐, 무사하냐!"

래리가 필사적으로 말을 걸자 엠마가 대답했다.

『어, 어떻게든 무사해요.』

콕핏 내부의 모습이 모니터에 나왔는데 상당히 지독한 상황이었다.

충격이 내부에까지 전해져 엠마의 콕핏의 모니터가 깨져있었다.

쓸데없이 착용한 우주용 파일럿 슈트가 빛을 발했는지 엠마는 경상만 입고 그쳤다.

"다행이다――. 아니! 그보다 너, 무슨 짓을 하는 거냐! 까딱 잘못했으면 죽었을 거라고! 돌격이라니, 무슨 생각을 하는 거냐!"

래리는 엠마가 무사해서 안도했지만, 그걸 들키기 싫은지 순간적으로 아까 전의 행동을 나무랐다.

본인도 바보 같은 짓을 했다는 자각은 있는지 난처한 듯이 웃고 있었다.

『죄송합니다. 이 아이를 부수고 말았어요.』

"이 아이라니, 구식 모헤이브나 신경 쓸 때냐."

기가 막혀 한숨을 쉬는 래리에게 더그가 팀 대령의 명령을 전했다.

『전원 우주로 철수한다. 래리, 넌 아가씨를 회수해서 메레아로 돌아가라.』

래리가 조사단으로 시선을 돌리니, 이미 메레아에 타고 있었다.

적이 있는 행성에서 느긋하게 조사 같은 걸 할 수 없을 것이다.

하지만 그 명령에 의문을 품었다.

"우주로 철수? 본성으로 돌아가는 거 아닌가요?"

『아니, 아무래도 예상 이상으로 귀찮아질 것 같다.』

"뭐?"

◇

메레아의 치료실.

"이 바보! 내가 이 애를 얼마나 귀여워했는지 알아?!"

"아하— 아하요—."

몰리에게 양 볼을 꼬집힌 엠마는 머리와 팔에 붕대를 감고 있었다.

의사에게 한동안 안정을 취하라는 말을 들었지만, 엠마는 움직여도 그리 아프지 않았다.

기사로서 단련된 육체 덕분이다.

그걸 알고 있어서 몰리는 엠마에게 벌을 주고 있었다.

"저 애가 움직일 수 있게 하기까지 내가 얼마나 고생했는지 알아! 기사용으로 조정하는 게 얼마나 힘들었는지!"

엠마를 위해 조정한 모헤이브가 파괴되어 몰리는 격노하고 있었다.

"미안해."

해방된 엠마가 사과하자 몰리가 깊은 한숨을 쉬었다.

"뭐, 살아서 돌아왔으니까 괜찮지만. 설마 어시스트 기능을 뗀 기체로 적에게 태클을 성공시킬 줄은 몰랐어."

"아하하하. 나도 놀랐어."

무아지경이었던 엠마도 성공할 줄은 몰랐다.

어시스트는 기동기사를 조종하는 파일럿을 말 그대로 보조하는 기능이다.

파일럿이 기동기사 숙련에 필요한 시간을 크게 줄일 수 있어서 개발 이래 탑재가 당연해진 기능이었다.

현대 파일럿에게는 필수 기능이나 마찬가지인데, 보조 없이 기동기사를 움직였으니 몰리는 기막혀했다.

"보통은 제대로 움직이지도 못하는데 용케도 그런 묘기를 부렸네."

"에헤헤헤."

"뭐, 엠마가 무사히 돌아와서 안심했어. 까딱 잘못했으면 죽어도 이상하지 않았다고."

"바, 반성하고 있습니다."

웃고 있는 엠마를 보고 크게 한숨을 쉰 몰리가 전투 결과를 알려줬다.

"그보다 들었어?"

"뭘?"

"제4소대는 전멸했대."

"설마 그런……."

자신을 비웃었던 제4소대가 우주 해적들의 습격에 전멸했다.

엠마는 도저히 믿기지 않았다.

몇 시간 전까지 그들은 분명 살아있었다.

하지만 더는 이 세상에 없다.

현실감 없는 이야기였다.

"제1소대도 두 명 전사했대. 모두 살아남은 소대는 우리 제3소대뿐이야. 물론 출격하지 않은 사람들은 무사하지만."

호위에 동원된 제1중대 대부분이 격파당해 제대로 움직일 수 있는 건 엠마 일행이 있는 제3소대뿐이었다.

"그, 그렇구나……."

오래 봐온 사이는 아니지만, 면식이 있는 사람들이 죽었다는 사실에 엠마는 가슴이 먹먹해졌다.

몰리는 그런 엠마를 보면서 계속 이야기했다.

──사람의 죽음을 받아들이는 것이 익숙해 보였다.

"그리고 말이야. 이유는 잘 모르겠지만 상부가 당황한 것 같아."

"무슨 일 있었어?"

"위에서 지원군을 보냈는데, 그게 특수부대라는 것 같아. 덕분에 다들 난리야."

"특수부대가?"

왜 이런 변경에 특수부대가?

두 사람은 서로 고개를 갸웃거렸지만, 답은 나오지 않았다.

번필드가 본성 하이드라.

관청에 날아든 정보에 아침부터 관료와 군인들이 분주하게 움직였다.

얼마 전에 점령했던 에리아스 행성에 우주 해적의 거점이 있다는 소식이었다.

보고를 받은 필두기사 크리스티아나는 클로디아 베르트랑 대령과 통신을 연결했다.

클로디아는 현재 수백 척의 함대를 이끌고 해적의 거점에 공격을 가하고 있었다.

크리스티아나는 모니터가 달린 통신기 앞에 앉아 심각한 표정으로 이야기했다.

"클로디아, 바로 에리아스 행성으로 가줘야겠어."

상관의 명령에 클로디아는 의연한 태도로 대답했다.

『현재 우주 해적의 거점을 공략 중입니다. 전투를 마치는 대로 이동하겠습니다.』

작전 중에 지휘관을 부르는 건 좋은 일이 아니지만, 그만큼 심각한 일이었다.

"에리아스 행성에 우주 해적들의 거점이 발견됐어."

『그럼 작전을 조속히 마치고――.』

"그러면 늦어. 본성에서 함대를 파견할 거지만, 제시간에 갈 수 있는 건 네 부대뿐이야."

『——그렇게 급박한 상황입니까?』

크리스티아나는 목소리를 약간 낮추며 말했다.

"거기서 해적들의 병기 제조 플랜트가 발견됐어. 설마 에리아스가 본거지였을 줄이야. 규모가 아군의 예상을 벗어나는 수준이야. 여유가 없어."

『어느 정도입니까?』

"전함을 건조할 수 있는 수준이야. 현지의 치안 유지 부대와 마주치면서 적도 우리를 인식했어. 놈들을 도망치게 두면 귀찮아질 거야."

『?!』

침착하던 클로디아도 예상 밖의 사실에 눈을 크게 뜨며 놀랐다.

병기 제조 플랜트 파괴는 클로디아 일행이 가장 바라는 일이다.

무엇보다도 우선해서 파괴해야 하는 대상이다.

더구나 그런 규모라면 소규모 부대를 보내도 도리어 당할 뿐이다.

크리스티아나는 클로디아에게 번필드가의 사정을 다시 설명했다. 일의 우선순위를 못 박는 것이다.

"에리아스는 얻은 지 얼마 안 된 행성이지만, 놈들을 놓치면 번필드가가 해적들의 무기 플랜트를 발견하고도 방치했다는 말이 나올 거야. 그럼 지금까지 쌓아온 신용도 사라질 테지."

영지로 삼은 시기를 생각하면 부조리한 논리지만, 귀족의 사정은 그리 단순하지 않았다.

"버클리가가 사라졌다 해도 번필드가를 적대하는 귀족은 여전히 많아. 놈들에게 약점을 보일 순 없어."

클로디아의 시선이 잠시 움직였다.

머릿속에서 어떻게 대처할지 고민하는 것이다.

계산을 끝마친 그녀가 다시 입을 열었다.

『선발대를 보내겠습니다.』

"그럼 현지 부대와 합류해서 우선 적의 퇴로를 끊어. 이후 본대가 도착하면 플랜트를 제압해."

크리스티아나의 제안에 클로디아는 미간을 약간 찌푸렸다.

『선발대만으로도 대처하겠습니다. 현지 부대의 도움은 필요 없습니다.』

크리스티아나는 클로디아가 무슨 생각을 했는지 금방 깨달았지만, 굳이 지적하지 않았다.

"알겠어. 현장 지휘관인 클로디아에게 맡길게. 그리고 가능하다면 플랜트는 제압. 간부들은 붙잡아."

『생포하란 말씀입니까?』

"해적을 지원한 자들이 있을 가능성이 커. ——이미 리암 님께 허가를 받았어. 특무육전대도 고속함으로 파견할 거야. 현지에서 합류해."

특무육전대라는 말에 클로디아가 놀라움을 보였다.

『트레저까지 오는 겁니까? 용케도 허가가 나왔군요.』

"그래봤자 세 개 소대뿐이지만."

『충분합니다. 그들이라면 최고의 원군이 될 겁니다.』

『트레저』는 특무육전대의 별칭이다.

현 당주인 번필드 백작 직속 정예부대로, 오로지 백작의 명령만을 따르며 항상 최전선에서 활약한다.

전투 중에 적 요새나 전함에 돌입하여 어려운 특수 임무를 수행한다.

전장에서 가장 믿음직한 부대이다.

그들이 나선다는 건 그만한 비상사태라는 증거이기도 했다.

"이래도 전력이 부족할 것 같은데. 역시 현지의 치안 유지 부대와 합류하는 게 좋겠어."

그러자 클로디아는 현지의 자료를 확인했다.

『──괜찮습니다. 어차피 변경의 치안 유지 부대 따위는 도움이 안 됩니다.』

자료를 바라보는 클로디아의 시선이 차갑게 변하는 것을 크리스티아나는 놓치지 않았다.

크리스티아나는 굳이 그녀가 마음대로 행동하게 두기로 했다.

"……네 판단에 맡길게. 좋을 대로 해."

통신이 닫히자 크리스티아나는 중얼거렸다.

"이건 너한테도 좋은 기회야, 클로디아."

◇

번필드가 본성 하이드라.

저택에 있던 『리암 세라 번필드』는 부하들에게서 온 보고를 전자 서류로 확인하고 있었다.

주위에 뜬 수십 개의 화면을 겨우 몇 초 만에 확인하더니 코웃음 쳤다.

"버클리가 남긴 선물인가? 쓸데없이 성가시네."

그때 리암의 그림자에서 거한이 천천히 나타났다.

가면을 쓴 꺼림칙한 분위기의 남자가 나타나도 리암은 표정을 바꾸지 않고 태연했다.

"끝났나?"

거한은 무릎을 꿇고 고개를 숙였다.

"예. 집사 공의 근심은 현지의 기사가 원인이었습니다."

"기사라니?"

리암 앞에 한 여자 기사의 데이터가 떠올랐다.

데이터를 본 리암이 금방 미소 지었다.

"뭐야, 아는 사람이 변경에 가는 바람에 걱정하던 거였어? 나한테 말했으면 바로 안전한 근무지로 빼줬을 텐데."

최근 자신의 집사가 뭔가를 걱정하고 있는 듯했다.

그에 대한 조사를 암부에 의뢰했는데, 김빠지는 결과였다.

거한은 집사의 마음을 대변했다.

"리암 님을 귀찮게 하고 싶지 않았던 거겠지요. 그리고 집사 공은 부정을 싫어합니다. 아는 사람이라고 특별 취급하길 바라진 않았을 것입니다."

"그 녀석답네. 흠, 근무지가 에리아스인가. 운이 없군. 변방에서 죽으면 귀찮을 것 같으니 후방 근무로——."

『기사 평가 : D랭크.』

운이 없는 소녀의 데이터를 보던 리암은 도중에 말을 멈추더니 상세 기록을 불러왔다.

기록에는 소녀——엠마 로드먼의 기사 학교 시절 자료가 나와 있었다.

리암은 망설임 없이 기동기사에 관한 데이터를 열더니, 오른손을 이마에 대고 천장을 올려다보며 웃기 시작했다.

"이거 재밌군!"

주군이 갑자기 웃기 시작하자 거한이 의문을 표했다.

"리암 님의 마음에 드는 기사입니까? 내용을 보아서는 D랭크 평가가 타당한 것 같습니다만."

리암은 웃음을 멈추고 자리에서 일어나 거한에게 명령했다.

"에리아스에 고속정을 보낼 예정이었지? 마침 잘 됐어. 『그것』을 이 여자에게 보내줘라. 잘 다룰 수 있을지는 본인 하기 나름이 겠지만."

그 말에 거한은 리암에게 다시 확인했다.

"괜찮으시겠습니까?"

"내 육전대를 파견할 때 같이 보내."

그렇게 말하고 리암은 엠마의 자료에 시선을 돌렸다.

공중에 투영된 엠마의 자료에는 기사 예복을 착용하고 기대에 가슴을 부풀린 모습이 비치고 있었다.

"이 몸이 기대해주지. 열심히 하라고, 로드먼."

◇

에리아스에서 조우전이 벌어지고 며칠 뒤.

고속정 하나가 행성 에리아스 근처에서 대기하던 메레아를 향해 다가갔다.

고속정에 타고 있던 클로디아는 브릿지에서 메레아의 모습을 보며 미간을 찌푸렸다.

클로디아의 부하가 난처한 얼굴로 말을 걸었다.

"설마 현지 부대가 좌천지로 쓰이는 부대일 줄은 몰랐습니다."

"상종할 가치도 없는 놈들이다. 리암 님의 온정도 모르고 불평불만만 하는 해충들이지."

"가차 없으시군요."

부하는 내심 클로디아의 평가를 의문스럽게 생각하며 메레아의 자료를 확인했다.

"음? 메레아에 기사가 있었군요. 기사 한 명이 아쉬운 시기에 좌천지에 있다니, 대체 어떤 녀석인지."

부하가 기사의 평가를 조사하고 있으니 클로디아가 시선만 돌려서 대답했다.

"내가 평가했던 폐급 기사다. 설마 이렇게 빨리 재회할 줄은 몰랐다."

"대장의 제자입니까?"

"제자라 부르는 것도 부아가 치미는 무능한 놈이다."

"여전히 엄격하시네요."

엠마를 무능하다고 단언하는 클로디아를 보고 부하는 어깨를 으쓱이며 고개를 저었다.

◇

에리아스 행성에서 일시적으로 조사단이 철수한 후.

조사단의 호위를 맡았던 메레아는 클로디아 일행을 맞이하면서 몹시 위태로운 분위기가 되어있었다.

넓고 어둑한 방에서 작전의 중심인물들이 모여 입체영상을 둘러싸고 회의를 이어갔다. 방 한쪽에는 메레아의 기동기사 부대 사람들도 모여있었다.

벽 옆에서 회의를 바라보던 엠마의 시선이 클로디아 대령에게 향했다.

(교관님이 올 줄은 몰랐어.)

매사 의욕 없는 팀 대령이 클로디아에게 불만을 토했다.

"함대가 온다고 해서 기다렸더니, 기동기사 중대와 얼마 안 되는 육전대뿐입니까? 고작 이런 전력으로 해적의 거점을 제압하라니, 번필드가는 우리를 몹시 높게 평가하고 있는 모양이군요."

팀 대령이 비꼬자 클로디아의 부하들이 무기에 손을 올려놓았다.

충성심 높은 기사들에게 있어서 주군을 업신여기는 짓은 용서할 수 없는 행위다.

클로디아가 손을 들어 제지했지만, 그녀 역시 팀 대령의 태도가 마음에 들지 않는 것 같았다.

"우린 너희의 야유와 빈정거림에 어울려줄 정도로 한가하지 않다. 빨리 브리핑을 끝내지."

클로디아가 이끄는 번필드가의 사설군은 현재의 당주가 재건한 군이다.

실력, 기량, 사기── 모든 것이 갖춰진 이상적인 군대다.

반대로 메레아 측은 모든 것이 부족한 괴멸적인 군대.

양자가 서로를 미워하니, 회의 분위기는 최악이었다.

주머니에 손을 찔러넣은 채 벽에 기대있던 래리가 클로디아를 슬쩍 보더니 엠마를 향해 코웃음을 쳤다.

"진짜 기사는 박력부터 다르네. 너랑은 천지차이인걸?"

"그, 그건 그렇지만……."

그들보다 뒤떨어져 보이는 건 어쩔 수 없는 일이다.

저들은 B랭크 이상의 우수한 기사들이다. 클로디아 또한 『AA』랭크다.

클로디아가 파견된 것을 보고 엠마는 현재 상황이 이상 사태라고 인식했다.

(해적들의 거점을 없애려고 정예를 파견하는 건 이상해.)

저들이라면 문제없이 적 거점을 제압할 수 있다. 하지만 엠마가 보기에 변경의 해적 거점 하나를 제압하는 것 치고는 전력이 과했다.

이런 분위기에 작전을 결행하는 건 부자연스러워 보였다.

(서두르는 게 신경 쓰여. 급한 일로 허둥대고 있는 것 같아.)

클로디아가 메레아의 군인들에게 뭔가 숨기고 있는 것처럼 느껴졌다.

"——이상이다."

클로디아가 작전 설명을 끝내자 팔짱을 끼고 이야기를 듣고 있던 더그가 앞으로 나왔다.

"잠깐. 당신들, 진짜 이 병력만으로 적을 제압할 생각인가?"

계급이 준위인 더그가 대령인 클로디아에게 무례한 태도로 말을 걸고 말았다.

그의 상사인 엠마가 황급히 중재에 들어갔다.

"더그 씨, 안 돼요!"

"아가씨는 가만히 있어. 우린 이제 개죽음당하는 전장은 지긋지긋하다고."

클로디아의 시선이 딱 한 번 엠마에게 향했지만, 관심이 없는지 금방 더그에게 차가운 시선을 돌렸다.

"개죽음인지 아닌지 판단하는 건 네가 아니다. 이건 명령이다. 입 다물고 따라라."

"하! 우릴 버릴 때는 언제고, 필요해지니 당연하다는 듯 이용하는군. 우리를 이런 벽지에 넣어놓고 지금 와서 도와달라고? 또 우릴 착취할 생각이겠지."

"더그 씨, 이제 그만하세요!"

더그를 말리는 사람은 엠마뿐이었다.

다른 승조원들은 더그와 마찬가지로 클로디아 일행을 노려보고 있었다.

클로디아는 그런 메레아의 승조원들에게 혐오감을 드러냈다.

"──너희 같은 반편이를 써야만 하는 게 나로서는 한심할 따름이다."

본래 더그의 언동은 엄한 처벌을 받아야 하지만 클로디아는 더 상대하기도 싫은지 등을 돌려 부하들을 데리고 방에서 나갔다.

팀 대령이 깊은 한숨을 쉬더니 머리를 긁었다.

아무래도 꽤나 긴장하고 있었던 모양이다.

"수명이 줄었다고, 더그."

"미안해, 사령관. 하지만 난 더 이상 목숨을 바칠 정도의 충성심 같은 건 없어."

그러자 팀 대령이 미소 지었다.

"나도 마찬가지야. 그건 그렇고, 진짜로 저 인원으로 제압할 생각인가?"

더그도 불가능하다고 생각하는 듯했다.

"어렵지. 공을 세우고 싶어서 안달이 난 거야."

승조원들이 두 사람의 대화에 납득한 듯한 표정을 지었다.

엠마는 이 상황이 납득되지 않았다. 그녀는 홀로 고개를 숙이고 손을 꽉 쥐었다.

(메레아의 사람들은 기사를 믿지 않아.)

협력을 거부하는 메레아의 군인들, 그리고 메레아를 깔보는 클로디아 일행. 엠마는 그 모든 것이 싫었다. 같은 군의 군인으로서 협력해야 하는 관계이건만.

(이 상황은 이상해.)

그때 회의장에 영상이 투영되더니 장소에 맞지 않는 밝은 목소리가 울려 퍼졌다. 몰리였다.

『엠마, 엄청난 선물이 도착했어!』

"어? 아니, 지금?"

엠마는 난감해했으나 몰리는 무시하고 이야기를 진행했다.

『아무튼 와봐. 다들 기다리고 있어.』

"엠마, 여기야!"

"자, 잠깐만."

무중력 상태의 함내 통로.

엠마는 몰리에게 격납고까지 손을 잡혀 끌려왔다.

"나한테 온 선물이라니, 무슨 소리야?"

"진짜 엄청난 게 왔어! 엠마도 놀랄 거야!"

몰리가 엠마를 억지로 격납고에 밀어 넣었다.

엠마의 눈에 낯익은 기동기사가 들어왔다. 그녀는 기동기사의 발치로 다가가 기체를 바라보았다.

기사 학교에서 자주 보던 네반 기종이었다. 다만 군데군데 개조된 곳이 보였다.

등에는 날개 같은 추가 부스터 대신 두 개의 로켓이 달려있었다. 머리의 트윈아이와 얼굴을 덮는 페이스 커버도 달려있었다. 관절에도 보강된 흔적이 보였다.

마치 시작기를 보는 기분이었다. 외관만으로 네반이 베이스라는 걸 알 수 있는 사람은 관계자뿐일 것이다. 그만큼 특이한 개조가 들어간 기체였다.

그 최신예 기동기사 네반이 메레아에 있다.

"네반……."

"진짜야. 진짜 네반 타입! 최신예 기동기사라니! 최고야!"

몰리는 기체의 다리 부분을 껴안으며 소리 질렀다.

어안이 벙벙한 엠마에게 파워드 슈트형 우주복을 장비한 병사가 다가왔다.

육전대의 전투 슈트는 온통 검은색이라 중량감이 있어서 위압적으로 느껴졌다.

그러나 얼굴 부분을 개방하니 여자의 얼굴이 보였다. 아주 짧은 숏컷 헤어에 눈매가 날카로운 여자였다. 역전의 강자 같았다.

그녀가 미소를 띠며 전자 서류를 내밀었다.

"엠마 로드먼 소위죠? 수령 사인을 부탁드립니다."

엠마는 고개를 저었다.

"저, 저기! 착오가 아닌가요? 저는 D랭크인데, 이럴 리가……."

"아니요. 정확히 로드먼 소위 앞으로 온 겁니다. 빨리 사인을 부탁드립니다."

허둥대는 모습이 재밌었는지 그녀는 미소를 지으면서 다시 전자 서류를 앞으로 내밀었다.

수령인은 틀림없이 '엠마 로드먼'이었다.

"아, 네."

결국 엠마는 난처한 얼굴로 사인했다. 대원이 서류를 확인하고 작게 고개를 끄덕였다.

그리고 진지한 표정으로 다시 엠마를 바라보았다.

"보내는 분의 전언이 있습니다."

"상부에서 보낸 게 아닌가요?"

기동기사 배치는 군의 관할이며, 개인이 보내는 경우는 거의 없다.

엠마가 귀족 출신이라면 또 모르지만, 엠마는 일반인 출신이다.

대체 누가 자기에게 기동기사를 보냈단 말인가.

그러나 대원은 전언만을 전할 뿐이었다.

"『능숙하게 조종해봐라』라고."

"네? 그, 그뿐인가요?"

"네, 그뿐이에요. 그 이상은 아무것도 듣지 못했습니다."

대원이 웃으며 그렇게 말하자 엠마는 쭈뼛거리며 물었다.

"저기, 누가 보냈는지 알 수 없나요? 이런 일은 확인이 중요한 법이라……."

대원은 잠시 생각한 뒤에 대답했다. 어딘지 재밌어하는 눈치였다.

"본인이 이름을 대지 않으셨으니 제가 가르쳐드릴 순 없을 것 같습니다. 그럼 이만."

대원은 그대로 무중력 상태의 격납고를 날아갔다.

엠마는 장애물을 깔끔하게 피해서 나는 모습을 넋을 잃고 바라보았다.

"아니?! 잠깐, 이걸 저더러 어떻게 하라는 거예요?!"

느닷없이 기동기사를 받은 엠마는 당황스러웠다.

엠마는 네반을 바라보았다.

"──이걸 능숙하게 조종하라고?"

에리아스 행성 근처.

항모 메레아 주위에 부스터를 달아 속도를 강화한 고속정이 속속 모여들었다.

물자를 넘겨주고 조사단을 본성으로 수송하려는 것이다.

고속정은 방어력이나 화력이 부족하고 수송 능력도 적지만, 이처럼 속도가 필요한 상황에는 유용하게 쓰인다.

클로디아는 그 모습을 잠자코 바라보고 있었다. 뒤편에서 그녀의 부하들이 이번 일에 대해 항의했다.

"납득할 수 없습니다! 어째서 D랭크 폐급에게 신형이 지급된단 말입니까?"

"대령님이 타셔야 합니다. 개조된 특수기라면 더욱더 그렇습니다."

"제3병기공장이 일부러 기술자까지 파견한 기체라고 하지 않습니까."

부하들이 불만을 품은 이유는 D랭크 기사에게 네반 타입 신형을 맡겼기 때문이다.

하지만 클로디아는 엠마에게서 신형기를 빼앗을 수 없었다.

애초에 클로디아가 건드릴 수 있는 안건조차 아니었다.

물론 그녀도 가능하면 우수한 파일럿에게 신형을 맡기고 싶었다.

하지만 엠마에게 신형 네반을 전달한 건 트레저. 즉 누구의 지시인지 뻔한 일이었다.

애초에 이곳에 신형기가 전달된 건 크리스티아나도 모를 것이다.

──이런 일을 할 수 있는 사람은 번필드가에서 오직 한 사람뿐이다.

(내가 참견해도 될 일이 아니야.)

클로디아는 불만을 말하는 부하들에게 험악한 표정을 보이며 일갈했다.

"이건 상부의 명령이다. 애초에 저 기체는 작전 예정에 없었다. 쓸데없는 짓을 해서 귀찮은 일을 벌이지 마라."

냉정하게 말하자 부하들이 입을 다물었다.

다만 클로디아도 궁금했다.

(왜 그분이 그 녀석에게 기동기사를 보내신 거지? 그것도 일부러 제3병기공장의 기술자까지 데려와서.)

◇

메레아의 격납고.

엠마가 수령한 네반의 정식 명칭은 '네반 시작실험기'였다.

기체 주위에는 래리와 더그를 비롯한 메레아의 파일럿들이 모여있었다. 그들은 신형기인 네반을 보며 저마다 감상을 내놓았다.

"이게 네반인가."

"몸이 너무 얇은 거 아니야? 잘 싸울 수 있을까?"

"폐급 아가씨한테 주다니, 상부는 진짜 무슨 생각을 하는 거지?"

"아가씨가 마음에 든 게 아닐까."

"바보야. 마음에 드는 사람을 좌천지로 보내는 사람이 어디 있냐."

"달리 떠오르는 이유가 없는데."

그러나 엠마는 남의 말을 신경 쓸 상황이 아니었다.

기체를 조정하기 위해 전용 파일럿 슈트로 갈아입고 콕핏의 시트에 앉아있었다.

시작실험기의 슈트는 고성능 우주복 겸 파워드 슈트이었다.

다만 성능만을 추구해서인지 외관은 그다지 신경 쓰지 않은 것 같았다. 불필요한 부분을 깎아낸 결과인지 몸의 라인이 드러나는 부분이 많았다.

중요한 부분은 장갑판과 기기로 가려져 있지만, 디자인이 약간 선정적이었다.

처음에는 조금 부끄러웠지만, 기체 조정을 시작하니 슈트 디자인 따윈 새까맣게 잊어버렸다.

기체 조정은 몰리와 제3병기공장의 기술자가 돕고 있었다.

금발벽안의 아름다운 여성인데, 귀가 뾰족했다.

——엘프라 불리는 종족의 여자였다.

긴 머리카락을 뒤로 묶고 빨간 테 안경을 쓰고 있었다. 몸이 늘

씬하고 지적인 분위기가 있었다.

그런 그녀의 이름은『파시 파에』기술 소령.

시작실험기 개발책임자인 그녀가 엠마에게 사과했다. 이 기체가 아직 미완성품이기 때문이었다.

"솔직히 말할게. 이 기체는 신형 동력로를 탑재한 실험기야."

"네? 아, 네."

조종간을 움직이면서 바쁘게 갖가지 조정을 하던 엠마는 파시의 이야기를 무심코 흘려들을 뻔했다.

그 모습을 보고 한숨을 쉬면서도 파시는 친절하게 설명했다.

"특수기를 개발하려고 네반에 억지로 신형 동력로를 비롯한 여러 신기술을 욱여넣었어."

특수기란 에이스 파일럿에게 지급되는 특별한 기동기사다. 커스텀기가 대표적인 예다.

이 기체는 그 특수기를 개발하는 과정에서 나온 원오프였다.

그 하나뿐인 실험기를 엠마가 타는 것이다.

"그 결과, 성능 균형이 무너져서 제대로 움직이기도 어려운 기체가 됐지."

번필드가 정식 채용한 네반은 성능이 전반적으로 우수한 양산기다.

다만 그만큼 특출난 부분도 없기에 에이스 파일럿들은 성능에 부족함을 느끼는 경우가 많았다.

그래서 에이스급 파일럿들은 대부분 다른 기체를 선호했다.

결국 에이스 파일럿의 수요 감소를 극복하기 위해 제3병기공장은 에이스 파일럿용 네반을 개발했다.

　하지만 목적을 너무 의식한 나머지 무리한 개수가 반복되었고 결국 에이스들도 다룰 수 없는 기체가 나오고 말았다.

　아무리 성능을 제한해도 기초 균형이 나빠서 조작성이 떨어졌다.

　"어떤 파일럿을 태워도 결과를 내지 못했어. 이런 말은 하고 싶지 않지만, 이 아이는 결함기야. 무리한 개수로 조종 반응이 과민해서 어시스트 기능이 정상적으로 작동하지 않고――."

　파시는 실험기에 태워서 실전에 내보내는 게 미안한 모양이었다.

　하지만 엠마는 기체 조정에 열중하느라 듣지 않았다.

　"조종간은 좀 더 가벼운 편이 내 취향이려나? 아, 그리고 페달은 조금만 더 무거우면 좋을 것 같아."

　몰리가 엠마의 말대로 기체를 조정했다.

　"조종간은 마이너스고 페달은 플러스. 그 외에는?"

　"시뮬레이터를 보면 사격할 때――."

　파시는 결국 화가 났다.

　"내 이야기 듣고 있어?!"

　"네? 드, 듣고 있어요. 굉장한 엔진을 싣고 있죠? 그래서 파워가 다르구나~ 하고 생각하고 있었어요."

　파시는 황당해서 이마에 손을 댔다.

"——조정도 중요하지만, 애초에 이 아이는 제대로 움직이질 않는다니까?"

개발자가 체념의 말을 하는 가운데 엠마는 기체 조정에 온 신경을 기울였다.

"이쪽이 이렇고— 여긴——."

결국 파시는 깊은 한숨을 쉬었다. 이들에게는 지금 무슨 이야기를 해도 통하지 않는다.

"이 아이는 어시스트 기능이 정상 작동할 수 없기에 애초에 넣지를 않았어. 더구나 테스트가 불충분하니 폭주로 자멸할 가능성도 부정할 순 없고. 꼭 주의해."

조정을 마친 엠마는 헬멧을 벗었다. 이마에 땀이 맺혔고 머리카락도 땀으로 촉촉했다.

"아하, 그래서 조정이 어려웠군요. 음~, 작전 시간을 맞출 수 있을까?"

우주 해적 병기 제조 플랜트 강습 작전은 제압, 혹은 파괴가 목적이다.

적이 도망치기 전에 결판을 내야 하기에, 작전 개시까지 여유가 그리 많지 않았다.

파시는 느긋한 엠마의 대답에 기가 막혀서 더 설명하기를 포기했다.

◇

그 무렵.

우주 해적들의 병기 제조 플랜트에서는 내분이 일어나고 있었다.

"상대가 번필드라고 했잖아! 빨리 도망치지 않으면 죽는다고!"

이들은 플랜트에서 제조한 병기를 다른 해적들에게 팔아치워 엄청난 부를 얻었다.

하지만 우주 해적에게 가차 없는 번필드가 상대라면 도망치는 게 현명했다.

하지만 그걸 방해하는 인물이 있었다.

난폭한 해적들 속에 청결감이 느껴지는 정장 차림의 남자였다. 그는 화장을 두껍게 한 것처럼 피부가 하얗다. 싱글싱글 웃고 있지만, 얼굴에서 생기가 느껴지지 않았다.

"그건 곤란합니다. 이 플랜트에는 저희도 막대한 자금을 투자했습니다. 수익을 내기 전에 증거를 인멸한다고 폭파하면 수지가 안 맞죠."

해적들은 깡마르고 박력 없는 남자의 반응이 왠지 기분 나쁘게 느껴져 꺼림칙했다.

그의 진짜 이름은 아무도 모르지만, 그는 자신을『리버』라고 칭했다.

강압적인 해적들이 그를 두려워하는 이유는 이미 그를 몇 번인가 죽였는데도 여전히 살아있기 때문이었다.

"너희 병기공장의 수지 같은 게 내 알 바냐."

간부가 권총을 뽑아 리버의 머리를 쏘아서 뚫었다.

리버는 그 자리에서 쓰러져 즉사했지만, 주위의 해적들은 여전히 겁먹은 표정이었다.

간부가 부하들에게 명령했다.

"바로 도망친다. 배를 준비해라. 적이 집결하기 전이니 아직 도망칠 기회가 있을 거다."

간부가 그렇게 말하자 핏기가 가신 얼굴로 부하가 외쳤다.

"머, 머리!"

부하가 가리킨 문 쪽으로 고개를 돌리니, 방금 죽었던 리버가 멀쩡히 서 있었다.

똑같은 모습. 똑같은 정장.

그가 해적들에게 미소 지으며 말했다.

"도망치시면 곤란합니다. 당신들은 죽을 때까지 싸워주셔야 하니까요."

아까 죽인 리버의 시체는 여전히 그의 발치에 놓여있었다. 새로운 리버가 나타난 것이다.

이래서 우주 해적들은 싹싹한 리버를 두려워했다.

공포로 위축된 우주 해적들에게 리버가 제안했다.

"하지만 여기서 계속 버티는 건 아무래도 한계인 것 같군요. 이 기회에 번필드가에게 큰 실패를 선물하죠. 그러면 플랜트 하나쯤은 망가져도 아깝지 않은 결과예요. 충분히 채산이 맞으니까요."

기분 나쁜 남자── 리버가 입꼬리를 올리고 웃고 있었다.

"이 플랜트에는 그것도 있으니까요. 번필드가 사람들도 분명 기뻐할 거예요."

◇

메레아의 격납고.

클로디아는 작전의 중심인물들을 모았다.

물론 메레아의 관계자는 한 사람도 없었다. 그들은 처음부터 전력으로 치지 않았다.

클로디아는 메레아의 협력 없이 작전을 결행할 생각이었다.

"경항모로 강하하여 적 기지를 강습한다."

입체영상을 둘러싸고 진행하는 작전 회의.

클로디아의 작전을 듣고 있던 육전대의 지휘관이 뒤돌아보며 세 기의 소형정을 봤다.

"그럼 저흰 소대 셋으로 적 기지를 제압해야겠군요. 쉽지 않겠네요."

부대의 규모에 비해 적 거점은 너무 컸다.

그러나 대원들은 비관하는 기색이 보이지 않았다.

이번에도 조금 귀찮을 것 같다는 표정일 뿐이었다.

클로디아는 그 든든한 모습을 보고 살짝 미소를 지었다.

"귀관들이라면 완수할 수 있지 않나?"

그런 질문을 받은 지휘관은 어깨를 으쓱였다.

그들은 항상 영주와 함께 최전선에서 싸웠던 부대다. 이 정도의 작전은 어렵지 않다.

"이 정도 작전에서 실패했다면 목숨이 몇 개나 있어도 부족하죠."

클로디아는 그 대답을 듣고 고개를 끄덕였다.

"기지 내부의 제압은 맡기겠다. 바깥은 우리가 맡지."

회의를 끝내려는 찰나, 클로디아의 부하 중 한 명이 가벼운 말투로 제안했다.

"대장님, 저희 부대명은 어떻게 할까요? 아무리 급하게 모인 혼성부대라지만, 뭔가 있는 게 좋지 않겠습니까?"

아무래도 좋은 이야기지만, 무시할 수도 없는 제안에 클로디아는 몇 초 생각했다.

하지만 이름을 공들여서 생각한다고 해도 이번에만 함께하는 혼성부대라 의미도 없다.

"그렇군. 조금 단순하지만, 사냥꾼―― 예거 부대라고 하지."

"우리와 딱 맞네요."

클로디아가 대담하게 웃음을 지었다.

"그렇지. 이름에 지지 않도록 견실하게―― 해적 놈들을 한 놈도 남김없이 사냥하도록 하지."

◇

엠마는 실험기 조정이 길어지자 중간에 밖에 나와 휴식을 취했다.

작전 회의를 하는 클로디아의 모습을 바라보고 있으니 래리가 다가왔다.

"쓰레기장에는 어울리지 않는 부대명이구만."

"래리 씨?"

클로디아가 명명한 예거 부대가 마음에 안 드는지 래리는 엠마 옆에 오더니 걸음을 멈췄다.

그의 시선 끝에는 검은 전투 슈트를 입은 육전대들이 있었다.

"육전대가 착용하고 있는 파워드 슈트의 격추 마크—— 저거, 기사를 죽인 숫자야."

"네?"

엠마가 고개를 갸웃하자 래리는 머리를 긁으며 짜증을 냈다.

"기사인 네가 모르면 어떻게 해? 백작이 자랑하는 특수부대—— 통칭 트레저라고 부르는 녀석들이야."

"그런 이름의 부대는 없어요."

"통칭이라 말했잖아. 백작 손에 여기저기 끌려다니고 항상 최전선에서 싸우지. 저 녀석들은 모두 죽을 때까지 군 생활을 계속하는 이상한 놈들이야."

"죽을 때까지?"

그들이 입은 슈트 어깨 부근에는 격추 마크가 있었다. 고대 기사의 투구 그림에 가위표를 그렸다.

마크의 수 만큼 기사를 죽인 것이다.

"메레아 놈들과는 다른 의미로 군에서 벗어날 수 없는 놈들이야. 다른 삶의 방식을 선택하지 못하는 서투른 녀석들이지. 내 눈엔 어느 쪽이든 인생을 낭비하는 것처럼 보여."

조건에 따라서는 기사를 죽일 수 있을 때까지 훈련한 집단.

그만한 힘을 얻으려면 몇 번이나 육체 강화를 해왔을 것이다.

혹독한 훈련을 반복하고 군이 많은 예산을 투입해 단련시킨 부대.

기사마저 쓰러뜨릴 힘을 얻은 그들이 치르는 대가는 인생을 군에 바치는 것이다.

그들은 퇴역할 수 있는 나이가 될 때까지 계속 군에 묶여있을 것이다.

메레아를 탄 군인들도 마찬가지다.

군대에서 벗어나 살아가는 방법을 몰라 지금도 군에 얽매여 있다.

"똑같이 인생을 낭비하고 있는데 저쪽은 정예고 우리는 쓰레기장이지만."

하지만 트레저는 정예가 되어 백작 곁에서 일하고 있었다.

영락한 메레아의 승조원들과는 상황이 크게 달랐다.

"여러분도 노력하면 할 수 있어요."

그러자 래리가 코웃음 쳤다.

"노력? 그건 잘난 놈이나 하는 말이지. 세상일은 노력만으로 해결되지 않아. ——내가 지금부터 기사가 될 수 없는 것처럼, 여기 있는 녀석들이 아무리 노력해도 저런 정예는 될 수 없어."

래리는 그렇게 말하고 엠마에게 등을 보였다.

엠마가 아무런 대답 없이 있으니 래리가 엠마에게 물었다.

"진짜 시험기로 나갈 생각이냐? 갑자기 폭발할지도 모르는 결함기라면서?"

아무래도 래리는 엠마를 걱정하는 것 같았다.

입은 여전히 험하지만.

"그게 명령이니까요."

엠마가 명령이라 대답하자 래리가 미간을 찌푸리고 불만스러워했다.

"결국은 실험에 이용하겠다는 건데, 그걸 받아들이겠다고? 넌 목숨이 아깝지도 않아?"

래리의 말도 틀리진 않았다.

군에서 명령은 절대적이지만 인간으로서 인생을 생각하면 옳은 선택이 아닐 수도 있다.

하지만 엠마는 자신의 답을 바꿀 생각이 없었다.

"물론 아깝죠. 하지만 군에 들어갈 때 맹세했는걸요."

"뭘?"

"싸울 힘이 없는 사람을 지키자고요. 우주 해적들의 병기 공장을 방치하면 분명 많은 사람이 고통을 겪겠죠. 그러니 시험기라도 타고 싸울 수 있다면 저는 탈 거예요."

"바보냐? 저런 시험기로 뭘 할 수 있는데!"

엠마의 생각을 납득할 수 없었던 래리는 그대로 떠나갔다.

남겨진 엠마는 혼자가 되자 중얼거렸다.

"저도 죽는 건 무서워요. 하지만——."

——동경하는 그 사람은 아무리 열세인 상황에도 도망치거나 하지 않았다.

그렇게 생각하면서 엠마는 꼭 쥔 손을 가슴에 댔다.

(난 그 사람을 닮고 싶어. 그 사람처럼 강해지고 싶다고 맹세했으니까!)

메레아는 대기권에 돌입하기 위해 에리아스 행성에 접근해 있었다.

전용기 사양 네반의 콕핏에 탄 클로디아는 부하의 보고에 귀를 기울이고 있었다.

『시험기 조정이 늦어지고 있답니다.』

"신경 쓰지 마라. 이 이상 적에게 유예를 주고 싶지 않다. 적이 농성을 포기하고 도주하기 전에 제압한다."

부하의 보고에 클로디아는 속으로 안도했다.

부하와의 통신이 닫히자 클로디아는 혼자 중얼거렸다.

"변경에 배속됐는데 이런 작전에 말려들다니, 운이 없는 녀석이군. 진작에 기사를 그만뒀으면 됐을 것을. 이래서 어리석은 자가 싫다."

기사를 그만둘 기회를 주었건만. 여전히 기사 자리에 매달리는 엠마가 어리석게 느껴졌다.

"——동경만으로 기사를 할 수 있겠는가."

클로디아는 슬픈 표정으로 손목에 감은 부적을 봤다.

수십 년 전.

클로디아는 우주 해적이 본거지로 삼고 있던 자원 위성에 잡혀 있었다.

야위어 홀쭉해진 몸을 더러운 천으로 가리고 해적들에게 빌며 목숨을 연명하는 나날이 이어졌다.

잡힌 자들이 감금당하는 감옥 속.

근처에서 앓던 여기사는 어느샌가 죽었다.

열악한 환경에서 죽어가는 것만을 기다리게 되었고 왜 이렇게 됐는지를 몇 번이고 생각하며 지내고 있었다.

"젠장— 젠장."

죽고 싶지 않아. 이렇게 죽는 건 싫어.

그런 생각을 하고 있으니 방에 우주 해적으로 전락한 전 부하가 다가왔다.

"잘 지냈나요, 전 대장 나리?"

야비하게 웃으며 다가온 전 부하는 클로디아가 소속되어 있던 부대의 신참 기사였던 남자다.

쓸모없는 남자였지만, 그래도 자신이 맡은 부하라서 엄격하게 단련시켰다.

장래성이 없는 기사였지만, 그래도 자신의 부하이니 조금이라도 살아남을 수 있도록 해주고 싶다는 생각이 있어서였다.

그런데──.

"배신자가."

"어이쿠, 째려보지 마세요. 먹을 것을 가져왔으니까요."

남자는 그렇게 말하고 감옥 안에 손을 집어넣어 먹을 것을 바닥에 쏟았다.

"자, 짐승처럼 납작 엎드려서 먹으라고."

"으아──."

배가 고파 바닥에 흘린 음식에 달려드니 한심해서 눈물이 났다.

살아있는 포로들도 모이기 시작해서 쟁탈전이 벌어졌다.

그 모습을 본 전 부하가 배를 잡고 웃고 있었다.

"날 바보 취급하니까 이렇게 되는 거라고! 부하는 잘 대해줘야지. 안 그래, 전 대장님?"

잘못된 원한 때문에 자신을── 부대를 우주 해적에게 팔아넘긴 그 남자는 클로디아의 모습을 보고 자존심을 채우고 있었다.

클로디아 입장에서는 부하가 살아남을 수 있도록 하기 위한 지도였다. 하지만 그 정도도 이해하지 못하는 남자에게 배신당해 소중한 부하들 대부분이 죽었다.

젊고 유능했던 기사도, 오랫동안 알고 지낸 의지할 수 있는 부하도, 눈앞에 있는 남자의 배신 때문에 죽고 말았다.

분해서 흐느껴 우니 전 부하가 큰 입을 벌리고 웃었고.

"햐하하하! 꼴좋다. 날 깔보니까 이렇게──."

갑자기 남자의 머리가 터졌다.

무슨 일이 일어났나 싶어 감옥 바깥을 보니, 성인이 된 지 얼마 안 된 앳된 남자가 오른손에 골동품 총을 쥐고 서 있었다.

그는 사용감이 마음에 안 들었는지 총을 내던졌다.

그리고 총탄에 머리를 뚫린 전 부하를 내려다봤다.

"비상사태에 놀고 있다니, 이 녀석은 무능하군. 그럼──."

전 부하에게서 흥미를 잃은 그가 감옥 안을 들여다봤다.

그러자 그의 주위에 클로디아의 정보가 투영되어 떠올랐다.

그 외에도 감옥 안에 있는 기사들의 정보를 응시했다.

그가 클로디아의 얼굴을 봤다.

"넌 우수한 것 같군."

그가 그렇게 말하자 느닷없이 금속 감옥이 조각조각 절단되었다. 파편들이 바닥에 떨어져 금속음을 냈다.

무슨 일이 일어났는가? 클로디아는 완전히 지친 머리로 생각했지만, 답이 나오지 않았다.

감옥 안에 들어온 그는 클로디아에게 손을 내밀었다.

"쓸만한 기사는 대환영이다. 내 손을 잡아라—— 앞으로는 내가 널 써주지."

오만한 태도. 하지만 클로디아에게 있어서는 자신을 구해준 기사다.

연령 따위는 상관없다. 깨닫고 보니 자연스럽게 손을 뻗고 있었다.

클로디아는 그의 손을 잡았다.

플래시백.

과거를 떠올린 클로디아는 머리를 흔들고 작전에 집중했다.

(내가 무능하지 않다는 걸 그분께 증명하겠어. 그게 지금의 나의 전부다.)

대기권 돌입으로 흔들리는 함내에서 클로디아는 기동기사의 조종간을 꽉 쥐었다.

메레아가 대기권에 들어오고 작전 시간이 되자 클로디아가 예거 부대에 호령했다.

"예거 부대는 전기 출격하라."

대기권에 돌입한 메레아는 그대로 저공비행으로 적 플랜트를 향해 돌진했다.

적 플랜트 바로 위에서 강하하면 요격당할 가능성이 있어서 지상으로 강습하게 되었다.

하지만 적도 손을 놓고 있지는 않았다.

숨겨뒀던 감시위성과 지상에 배치한 감시 장치로 바로 메레아의 접근을 알아차리고 요격용 설비를 전개했다.

메레아의 브릿지에서 무리한 작전을 생각한 클로디아를 향한 불만이 터져 나왔다.

"그냥 돌격이잖아! 이딴 게 무슨 작전이야!"

팀 대령이 자리에 앉으면서 그렇게 말하자 오퍼레이터가 비명을 지르는 듯한 목소리로 보고했다.

"적이 이미 요격 준비를 마쳤습니다!"

"그렇겠지. 바로 위에서 강하했으면 벌집이 됐을 거다."

대기권에서 직접 강하했다면 요격당해 침몰했을 것이다.

오퍼레이터가 울상이 됐다.

"좀 더 정상적인 작전은 없었나요?! 지원군을 기다릴 수도 있잖아요!"

팀 대령이 모자를 깊이 눌러쓰고 시야를 가렸다.

더는 아무것도 보고 싶지 않다는 태도다.

"난들 어쩌겠나! 이미 이렇게 된 것을. 뭐가 정예냐. 목숨을 우습게 보는 바보들이."

그때 브릿지에 하울링 소리가 난 뒤에 예거 부대의 대장이 된 클로디아의 목소리가 울렸다.

『예거 부대는 전기 출격하라.』

그 호령에 팀 대령이 눈을 크게 떴다.

"이런 속도에서 해치를 열고 기동기사를 내보내란 말이냐?!"

팀 대령은 모자를 벗고 클로디아에게 메레아의 부대는 내보낼 수 없다고 전했다.

"자살행위다. 우리 부대는 출격시킬 수 없다!"

『처음부터 귀관들은 내보낼 생각조차 없었다. 우리를 적 플랜트로 수송해주기만 하면 된다.』

전력 외 취급을 받고 팀 대령은 이를 한 번 꽉 깨물었다.

"끝까지 우리는 방해된다고 말하고 싶은가 보군."

작은 소리로 중얼거린 불만이었지만, 클로디아에겐 분명 들렸을 것이다.

하지만 클로디아는 그걸 책망하지 않았다.

팀 대령이 부하들에게 명령했다.

"해치를 열어라. 어찌 되든 우리가 알 바 아니지."

◇

메레아의 해치가 열리자 거기서 네반이 차례차례 뛰쳐나갔다.

공중에 내던져진 네반들이 중력이 있는 환경을 상정한 가속팩의 부스터를 점화하여 가속했다.

마치 미사일 끝부분에 기동기사를 단 듯한 모습이었다.

콕핏 안에 있는 클로디아의 몸이 시트에 약간 묻혔다.

"이 가속도는 네반도 버티지 못하나."

어느 정도의 가속도라면 콕핏 안에 있는 파일럿은 아무것도 느끼지 못한다.

콕핏의 성능을 뛰어넘는 가속도를 내는 네반들은 메레아를 뿌리치고 적 플랜트로 향했다.

배치된 요격 시스템이 가동되고 포대가 여러 대 나타나자 네반들이 손에 든 라이플로 공격을 개시했다.

광학 병기에 여러 포대가 파괴되어 갔다.

클로디아의 콕핏에는 부하들의 보고가 계속 전해졌다.

『모함에 방해되는 요격 시스템 배제를 완료했습니다.』

『적 플랜트를 시각으로 확인.』

『우릴 요격할 생각이군요.』

적 플랜트는 가지고 있는 모든 장비를 써서라도 대항할 모양이었다.

클로디아가 입꼬리를 올렸다.

"그래도 우릴 상대하기에는 부족하지. 부스터를 퍼지."

클로디아의 네반이 백팩의 부스터를 분리했다.

부하들도 똑같이 부스터를 분리했다.

분리된 부스터들이 적 플랜트를 향해서 날아갔다. 플렌트의 광학 병기들이 부스터를 즉각 요격했다.

그러자 폭발과 동시에 레이더를 방해하는 입자가 흩뿌려졌다.

아군의 레이더도 마비되지만 클로디아 일행에게는 아무런 지장도 없었다.

곧 적의 레이더가 마비되면서 요격 시스템의 조준이 허술해졌다.

"이렇게까지 준비할 필요도 없었군."

클로디아의 네반이 백팩의 날개를 펼치고 가속해갔다.

대기권 안에 있더라도 하늘을 나는 네반들이 더 낮게 저공 비행해서 적 플랜트로 향했다.

광학 병기 포대가 수천 발의 레이저를 쏟아냈다.

전부 피할 순 없지만, 몇 발 정도는 맞아도 네반의 장갑은 견딜 수 있다.

표면이 뜨거워져 빨갛게 달아오르다가 곧바로 원래 색을 되찾았다.

대 광학 병기 특수처리가 되어있어 같은 곳을 계속 맞는 게 아니라면 문제없다.

클로디아는 적의 낌새가 바뀌자 부하들에게 말했다.

"적이 마중 나온 모양이군."

포대가 무의미하다고 판단한 적이 실탄 병기를 장비한 우주 해적용 상품── 기동기사 조크를 출격시켰다. 조크는 잇달아 머신 건과 대형 라이플을 발포했다.

충격이 비처럼 쏟아졌지만 클로디아 일행은 쉽사리 피하며 적 플랜트에 도달했다.

클로디아의 네반이 조크 한 기에게 발차기를 날려 머리를 파괴한 후, 콕핏에 가차 없이 라이플을 쏘아 정리했다.

"간부 외에는 전부 죽여라."

클로디아의 차가운 목소리에 부하들이 『예!』라고 대답하고 주위를 공격하기 시작했다.

적기를 덮쳐 가차 없이 격파하고 플랜트에 설치된 포대를 차례차례 파괴해 나갔다.

한 해적이 상품인 조크의 콕핏에 올라탔다.

아직 시트에 보호 필름이 붙어있는 새 기체지만 적이 코앞까지 온 이상 물불 가릴 때가 아니었다.

"젠장, 젠장!"

이 젊은 남자는 출세하겠다는 일념으로 조직에 들어왔다.

그리고 해적이 된 지 수 년, 아직 부하로서 일하고 있었다.

그는 언젠가 해적선의 선장이 되어 부하들을 이끌고 싶었다.

하지만 지금 그는 콕핏 안에서 떨고 있었다.

이 플랜트는 조직의 중요한 수입원이다. 이곳에 배속되었다는 건 장래성이 있다고 판단된 것이나 마찬가지다.

이곳은 공장같이 생겼지만, 비상시에는 숨겨진 포대가 나타나 요새로 변모하는 자랑스러운 기지다.

하지만 지금은 곳곳에서 검은 연기가 피어오르고 있었다.

그는 조크를 조종하면서 상대가 누구인지 들었다. 공장 내 설비의 틈새에 생긴 통로로 가면서 적과 만나지 않기를 빌었다.

"난 출세할 거야. 이런 곳에서 악마 놈들과 만나다니, 그럴 순 없다고! 난 더 크게 될 남자란 말이다!"

떨려서 이가 딱딱 소리를 냈다.

도망치고 싶은 마음을 어떻게든 억누르고 명령대로 포인트로 향했다.

모퉁이를 지나니, 아군 조크가 회색 기체의 레이저 블레이드에 콕핏을 꿰뚫려 폭발하는 모습이 보였다.

"힉!"

적기와 시선이 마주친 순간, 베테랑이 탄 조크 두 기가 건물을 뛰어넘어 가세했다.

베테랑이 젊은 남자에게 호통치듯이 지시를 내렸다.

『멈추지 마라! 죽는다!』

"아, 네!"

젊은 남자는 개틀링건을 잡고 쏠 자세를 잡았다. 하지만 아군이 사선에 걸려 방아쇠를 쉽게 당길 수가 없었다.

적 네반이 레이저 블레이드로 앞에 있던 조크의 양팔을 절단하며 걷어찼다.

다른 한 기가 머신건으로 공격했지만 총알이 네반의 장갑에 튕겨 나갔다.

네반은 왼손의 실드로 조크의 콕핏을 후려갈겼다.

장갑. 그리고 파워.

모든 면에서 조크를 압도하는 적기는 일격에 아군기의 콕핏을 뭉개버렸다.

순식간에 아군 두 기가 쓰러졌다.

"아, 아아아아악!!"

겁을 먹고 조종간의 방아쇠를 반사적으로 당기니 조크가 들고 있던 개틀링건이 불을 뿜었다.

탄환이 주변 벽에 구멍을 뚫었지만, 신경 쓸 여유가 없었다.

번필드가 채용한 차세대 양산기는 조크와는 성능 차이가 너무 컸다. 물론 파일럿의 기량도 달랐다.

"너희를 쓰러뜨리고 난 영웅이 될 거다아아아아!! 번필드의 악마 놈들아아아아!!"

젊은 남자는 오줌을 지리면서 외쳤다.

네반은 한 번 뛰어오르더니 조크가 개틀링을 들기도 전에 부스터를 써서 빠르게 접근해왔다.

"으아?!"

곧이어 격렬한 충격이 느껴졌다.

남자는 넘어진 조크를 일으키려 조종간을 움직였지만 아무런 반응도 없었다.

"젠장! 이런 싸구려가!"

네반이 오른손에 들고 있던 조크의 팔을 으스러뜨리고 레이저 블레이드를 쥐는 모습이 보였다.

『기체의 성능이 아니라 파일럿의 기량 문제다. 자 이만 죽어라.』

네반이 찌르려 하자 젊은 남자는 필사적으로 호소했다.

"잠깐만! 투, 투항할게! 거역하지 않을 테니까, 살려줘!"

죽고 싶지 않다는 일념으로 애원했지만 네반을 탄 파일럿의 목소리는 한없이 차가웠다.

『──잔챙이는 관심 없어.』

젊은 남자가 마지막으로 본 것은 모니터의 영상이 끊겨 콕핏 안이 어둠에 감싸인 후 레이저 블레이드의 빛이 콕핏 안까지 도달한 순간이었다.

◇

기지 안의 포대를 다 파괴하자 클로디아에게 전자전용 팩을 장비한 아군기가 다가왔다.

『대장님, 자폭 장치는 발견되지 않았습니다.』

"그렇겠지. 놈들에게 중요한 시설이니 섣불리 폭파하진 못할 거다."

기지에 자폭 장치가 있다면 적도 쉽사리 침입을 시도할 수 없다.

하지만 해적은 군대가 아니다.

인간관계 문제로 인해 자포자기하여 기지를 자폭시켰다는 이야기는 수없이 존재한다.

그리고 쉽게 자폭할 수 없는 장치를 설치했을 때는 이런 이야기가 있다.

적이 쳐들어와서 자폭을 결정했지만, 조작 방법을 잊어버려 자폭하지 못했다.

그리고 안이하게 자폭을 선택하도록 만들기보다는 죽을 때까지 싸우게 만들고 싶은 경우도 있다.

클로디아는 이번이 그런 케이스라 생각하고 있었다.

"좋아, 육전대를 투입해라. 플랜트 내부 제압을 맡긴다."

『저희는 주변 경계에 들어가겠습니다.』

기동기사는 덩치가 너무 커서 기지 내부 제압에는 부적합하다.

지금부터는 육전대의 차례다.

잠시 후, 메레아에서 출격한 소형정 세 기가 플랜트 안에 착지했다.

파워드 슈트를 입은 병사들이 차례차례 밖으로 나왔다.

재빠르게 시설 안으로 침입해 들어가니 건물 내부에서 총격전이 시작되었다.

설치된 요격 시스템과 무장한 우주 해적들을 육전대가 차례차례 격파하고 내부로 침입해 들어갔다.

훌륭한 실력을 보니 클로디아도 기분이 좋았다.

"이제 간부 놈들만 잡으면 끝인가."

크리스티아나의 의뢰가 거의 달성했다고 생각했을 때, 전자전용 팩을 장비한 아군기가 당황하며 클로디아에게 보고했다.

『기지 주변에 적을 확인!』

"바깥에 배치해둔 부대가 있었나?"

클로디아도 레이더로 주위를 탐색했지만 노이즈가 심했다.

카메라를 최대 망원으로 설정해 적기를 찾아보니, 먼 곳에 조크의 모습이 보였다.

조크는 기지를 에워싸듯이 나타나더니 이윽고 수가 천 기를 넘었다.

"이 많은 놈들이 어디서!"

플랜트 규모로 미리 적의 규모를 계산해서 딱 필요한 병력만 데려왔는데, 적이 예상보다 훨씬 많았다.

곧이어 기지 안에서 예상 밖의 폭발이 일어났다.

"이번엔 또 무슨 일이지?!"

『기지 안에 있던 해적선이 폭발했습니다. 해적들의 계략인 것 같습니다!』

"──스스로 퇴로를 끊었다고?"

믿을 수 없는 일이 계속 일어나자 클로디아는 결단했다.

"내부는 육전대에게 맡긴다. 우리는 외부의 적에 대처한다."

『남은 탄약이 별로 없습니다…….』

"해적 놈들의 무기라도 써야지. 무기의 액세스 코드를 해석해서——."

노획 방지 대책으로 무기를 사용할 땐 액세스 코드가 필요하다. 그걸 해석해서 해적들의 무기를 동원하겠다는 말이었다.

그때 더욱 커다란 폭발이 일어났다.

"이번엔 어디냐?"

『——탄약고가 폭발한 것 같습니다.』

탄약고가 주변 건물과 함께 통째로 날아간 모양이었다.

"우리에게 무기를 빼앗기지 않도록 파괴한 건가?"

클로디아는 우주 해적들의 계책에 누군가의 입김이 닿아있다고 느꼈다.

그녀의 예상을 증명하듯 기지 안에 새로운 포대가 나타나 일행을 겨누었다.

몹시 기이한 상황이었다.

적 기지에 강습했는데, 어느새 적 기지에서 외부를 향해 방어전을 수행하는 처지가 됐다.

포대도 모조리 파괴했을 텐데, 어디선가 새로 나타났다.

『육전대를 철수시켜!』

『안 돼. 지금 하늘로 도망치면 격추당한다고!』

『성가신 놈들!』

네반은 해적들의 무기를 빼앗아 사용하고 있었다.

클로디아도 개틀링건을 들고 다가오는 적기를 격파했다.

콕핏 안에서 육전대 지휘관과 상황을 확인하고 있었다.

『바깥이 소란스럽군요. 간부 몇 명을 구속했습니다.』

"그럼 귀관들만이라도 철수해라. 그놈들을 크리스티아나 님께 보내다오."

『그러고 싶은 마음은 굴뚝같지만, 이런 상황에는 소형정을 타도 격추당합니다. 육로도 불확실하고요.』

모니터의 일부를 확대하니 소형정을 노리는 광학 자주포들이 보였다.

클로디아는 치밀하게 준비한 적의 전략이 굉장히 못마땅했다.

"우리가 자주포를 처리하겠다. 귀관들은 그 틈에 돌파해라."

『진심입니까?』

그렇게 하면 육전대는 소형정을 타고 도망칠 수 있겠지만 네반은 적에게 둘러싸여 파괴당할 것이다.

부주의하게 날아올라 플랜트의 벽을 넘어 내부로 침입하려고 한 조크를 개틀링건으로 벌집으로 만들어주면서 클로디아가 결단을 내렸다.

"진심이다. 그리고 난 죽을 생각이 없다. 전부 쓰러뜨리면 우리의 승리다."

해적에게 잡히면 어떻게 될지 잘 아는 클로디아와 부하들은 끝까지 결사항전 할 것이다. 한 놈이라도 더 많이 길동무로 삼기 위해서.

육전대의 지휘관이 기막혀하면서도 임무를 우선하여 클로디아의 제안을 받아들였다.

『살아서 다시 만나면 비장의 술을 대접하죠.』

"미안하군. 난 술을 못한다."

『하하하! 그럼 대령님께 감당할 수 없을 정도로 많은 사탕이라도 드리──.』

통신이 『뚝』 하는 소리를 내며 끊겨졌고 모니터에 강제적으로 통신이 끊겼다는 문자가 점멸했다.

"이봐!"

불러도 대답하지 않는 육전대.

그 직후, 플랜트 중앙 부분의 광장에 균열이 생겼다.

숨겨진 해치였던 그곳이 열리자 원기둥 형태로 빈 구덩이가 나타났다.

"아직도 뭐가 더 남았나."

변경에 지은 우주 해적들의 병기 플랜트치고는 너무 세세하게 잘 만들어져 있었다.

지하 공간의 존재는 알고 있었지만, 거기는 단순한 전력 공급 시설이었다.

클로디아가 경계하고 있으니 리프트를 타고 거대한 병기가 나타났다.

둥그스름한 형태. 작은 산과 같은 그 녀석은 장갑판에 수많은 눈을 가지고 있었다. 고출력 광학 병기에 사용하는 렌즈였다.

아군 전자전 기체가 적의 정보를 스캔하고 경악했다.

『대장님, 저 녀석 발전기와 연결되어 있습니다. 렌즈도 전함에나 탑재하는 광학 병기입니다.』

모두 전함에나 탑재될 법한 규모의 무기였다.

"굳이 저런 걸 만들었다고?"

차라리 해적선이라도 가져오면 충분하지 않은가——라는 말은 클로디아도 하지 않았다.

애초에 해적선이었으면 클로디아 일행이 격추당했을 것이다.

적은 기지 그 자체. 기지에서 계속 에너지를 공급받는다.

평소였다면 모를까, 멀쩡한 무기가 없는 상황에는 해적선보다 더 성가신 적이었다.

전자전 기체의 분석으로 듣기 싫은 정보가 보고되었다.

『광학 병기용 필드를 전개하고 있군요. 해적 놈들의 조악한 무기로는 어림도 없습니다.』

바깥에는 조크.

내부에는 대형 병기.

포위당한 클로디아가 고개를 떨궜다.

"──나도 무능한 자였나."

『대장님?』

함정에 빠진 기분이었다.

그때 느닷없이 비웃는 목소리가 들렸다.

『어서 오십시오, 번필드가 여러분! 제 환대가 마음에 드십니까?』

목소리의 주인은 아무래도 대형 병기 안에 있는 듯했다.

그 인물이 말하고 있을 때만큼은 해적들도 공격을 늦췄다.

"네가 이곳의 우두머리인가?"

클로디아가 상대에게서 정보를 캐내려고 하자 정직하게도 대답해줬다.

그만큼 여유가 있는 것이리라.

『조언자'라고 합니다. 미스터 리버라고 불러주십시오.』

"꽤나 공들인 환대로군."

클로디아는 가능한 한 분한 기색을 보이지 않도록 유의하면서 리버와 대화했다.

평소에는 우주 해적과 거래하지 않는 번필드가의 기사가 대화를 받아주는 건 매우 이례적인 상황이었다.

그만큼 위험한 상황이라는 증거였다.

리버도 그걸 아는지 손뼉을 치며 기뻐했다.

『해적 사냥꾼으로 용맹을 떨친 분들이 그렇게 말씀해주시니 기쁘군요. 당신들은 도가 지나쳤어요. 해적을 상대로 이렇게까지 할 필요는 없었을 텐데 말이죠.』

"무슨 말을 하고 싶은 거냐?"

『2년 전에 당신들이 쓰러트린 버클리가는 우리의 단골손님이었습니다. 당신들은 해적만 적인 줄 아는 모양이지만, 그렇지 않아요. 참 많은 사람에게 원한을 샀다, 이겁니다. 그러니 이렇게 함정에 걸리는 거죠.』

클로디아는 코웃음 쳤다.

"하! 우리가 해적이 아니라 흉내를 내던 바보를 죽였나? 그게 어쨌다는 거지?"

뻔뻔하게 대답하는 클로디아를 보고 리버는 기분이 조금 상했다.

『──이런 상황인데도 강경하게 나오는군요. 그 가증스러운 리암의 기사다워요. 하지만 그것도 여기까지. 그 꼬맹이의 명성도 오늘로 땅에 떨어질 겁니다.』

"무슨 뜻이지?"

클로디아는 적과의 대화를 녹음하면서 목적을 캐냈다.

『그 꼬맹이의 정예부대는 고작 변경의 해적에게 패배하는 겁니다. 소문은 금방 수도성에 퍼지고 사람들은 리암도 그 정도밖에 안 된다고 인식하겠죠.』

리버는 기분이 좋은지 술술 말했다. 압도적으로 우위인 상황이긴 하지만 위기감이 전혀 없었다.

(이 녀석은 뭐지? 뭔가가 결여된 듯한 꺼림칙함이 있어.)

클로디아는 감각적으로 리버가 평범한 인간이 아니라는 것을 알아차렸다.

"──고작 그런 이유인가?"

『어라? '고작'이라고 생각하시나요? 그럴 리가 없죠. 이 사실은 나중에 번필드가에 큰 손실을 초래할 거예요. 이 플랜트와 맞바꾸어도 충분히 이득이라고 판단할 만큼요.』

리암의 명성을 떨어뜨리고자 이만큼 공을 들였다는 말이었다. 이번 작전을 쉽게 생각했던 클로디아는 자신의 실태를 부끄러워했다.

대형 병기가 움직이며 전투태세에 들어갔다.

주위의 조크들도 공격을 재개했다.

클로디아는 부하들에게 말했다.

"──모두, 각오를 다져라."

(난 또다시 부하를 잃는 건가. ──난 어쩔 도리 없는 무능한 놈이구나.)

◇

플랜트에서 멀리 떨어진 곳.

경항모 메레아는 대기권에서 이탈할 준비에 들어간 상태였다.

브릿지에 있는 팀 대령이 모자를 고쳐 쓰며 중얼거렸다.

"차례차례 계책을 펼치는군. 무슨 마술사인가? 저런 병기까지 준비했다니, 보통 우주 해적이 아니야."

오퍼레이터가 팀 대령에게 머뭇거리면서 확인했다.

"정말 저희끼리만 이탈해도 되는 겁니까?"

"우린 처음부터 전력으로 치지도 않았다잖아. 어차피 통신 장애가 심해서 부를 수도 없어. 빨리 도망치는 게 명석한 판단이다."

"이번에야말로 군에서 쫓겨나겠군요."

"──그렇겠지."

(내 목숨만으로 눈감아 달라고 할까.)

적전 도주는 총살형이다.

그러나 팀 대령은 이미 각오한 일이었다. 부하들은 명령을 따랐을 뿐이며 책임은 자신에게 있다고 우길 작정이었다.

시트 깊숙이 앉아 혼잣말로 중얼거렸다.

"몇백 년이나 군에 들러붙어 있었는데, 참 싱거운 최후로군."

목숨을 걸고 싸운 시기도 있었지만, 지금은 전부 싫어져서 군에 있기만 할 뿐.

팀 대령은 이제 끝났다고 생각하니 신기하게도 기분이 편해──지지 않았다.

(난 왜 여기서 이러고 있는 걸까.)

그도 과거에는 아군을 버리고 도망치는 상관을 혐오했었다.

그런데 지금은 그들과 똑같은 짓을 하고 있다.

팀 대령이 자신의 인생에 대해 생각하고 있으니 오퍼레이터가 말다툼하는 소리가 들렸다.

"곧 우주로 나간다고 했잖아! 뭐? 조정이 이제 끝났다고? 그래도 안 돼!"

"무슨 소란이냐?"

팀 대령이 소란을 피우는 원인을 묻자 오퍼레이터가 당황한 표정으로 고개를 돌렸다.

"우리 기사님이 조정이 끝났으니 출격시켜달라고 떠들어대고 있습니다."

"그 결함기로? 대체 무슨 생각을 하는 거야."

상부에서 보낸 결함기 이야기는 팀 대령도 들었다.

참 짓궂은 괴롭힘이구나 했는데, 파일럿으로 선정된 엠마는 진심인 것 같았다.

팀 대령의 눈앞에 엠마의 얼굴이 투영되었다.

『아, 사령관님! 조정이 끝났으니 출격하겠습니다!』

팀 대령은 놀라서 눈을 휘둥그레 떴지만 냉정하게 기각했다.

"──이미 늦었다. 어차피 저 녀석들은 전멸할 거야."

『래리 씨가 확인해줬어요. 아직 전투가 계속되고 있다고.』

"하, 그 썩을 꼬맹이가……."

팀 대령은 엠마를 설득했다.

"자네도 저 클로디아와 인연이 있지?"

모니터 너머에서 엠마가 고개를 숙였다.

그 모습을 보니 관계가 양호하지는 않을 것이다.

"어차피 사이좋은 것도 아니라면 버려도 상관없잖나. 철수를 지시한 건 나고 책임도 내게 있어. 그런데 굳이 결함기로 출격할 필요가 어디 있나? 아무리 폐급 기사라고 해도 결함기를 보내다니, 상부는 무슨 생각인지. 자네는 아무 잘못 없으니 무리하지 말게."

『저는——.』

◇

실험기의 콕핏.

조종간을 쥔 엠마는 결함기라 불리는 기체에 자신을 겹쳐보았다.

"전 폐급이라는 말을 들어왔습니다."

『그러니까 지금은——.』

팀 대령이 무슨 말을 하려 했는가? 엠마하고는 상관없었다.

"하지만 전 기사입니다! 이 아이도 결함기가 아니에요. 제가 증명해 보이겠습니다!"

결의가 흔들리지 않는다고 생각했는지 팀 대령은 포기한 듯했다.

『그런가. 그럼 마음대로 해라. ——우린 도망친다.』

"감사합니다."

통신이 끊기자 열린 해치로 몰리가 얼굴을 내밀고 있었다.

"진심이야?"

이대로 출격할 거냐고 몰리에게 질문을 받은 엠마는 조금 무리하게 미소 지어 보였다.

"괜찮아. 이 아이랑 함께라면 열심히 할 수 있을 것 같은 기분이 들어. 그리고——『아탈란테』라면 해낼 수 있으니까."

시작실험기의 모니터에 기체명이 떠올랐는데 거기에 아탈란테라고 표시되어 있었다.

네반 커스텀—— 아탈란테.

명명된 이름을 부르자 아탈란테의 마스크 아래에 있는 트윈아이가 빛을 발했다.

출격 준비를 하는 엠마를 본 몰리가 밖으로 나왔다.

"그럼 이제 안 말릴게."

"고마워."

엠마가 고맙다고 하자 몰리가 무장을 확인했다.

"그보다 아탈란테의 전용 장비 외에는 어떡할 거야? 아무래도 전용 라이플만 가지고는 어려울 거야."

엠마는 무장에 대해 질문을 받았지만 메레아에 있는 무장은 전부 모헤이브의 무기뿐이었다.

모헤이브의 무장은 범용성이 뛰어나 네반도 사용할 수 있다.

"그럼 가능한 한 탑재하고 싶어. 탄약도 최대한 가득."

지금도 싸우고 있는 아군에게 무기와 탄약을 보내주고 싶었다.

그때 몰리 뒤에서 파시의 목소리가 들렸다.

"가는 김에 싸우고 있는 아군에게 무장도 보내주고 싶어."

엠마가 해치 바깥을 보고, 몰리가 뒤돌아봤다.

두 사람의 시선을 받은 파시는 고개를 컨테이너로 돌렸다.

"이 함에서 사출해야 하는데, 이대로는 요격당해서 전달될 것 같지 않아."

컨테이너를 보니 부스터가 달려있었다.

하지만 지금 사출해도 적의 요격 시스템에 파괴되어 전해지지 않을 것이다.

파시가 엠마에게 부탁했다.

"아탈란테로 적의 요격 시스템을 파괴해줘. 그러면 컨테이너를 사출할 수 있어."

무기가 수납된 컨테이너가 여섯 개.

요격 시스템을 파괴한 뒤라면 사출해도 문제없다.

엠마는 파시의 얼굴을 보면서 고개를 끄덕였다.

"해볼게요."

"그럼 준비를 서두를게."

파시가 작업을 위해 떨어지자 몰리가 다시 물었다.

"그래서 또 필요한 건? 내가 가능한 한 갖춰줄게."

엠마의 시선은 몰리가 꾸준히 정비하던 무기들로 향했다.

"광학 병기는 전용 라이플이 있으니까, 실탄 병기가 있어야겠지?

그리고 몰리의 보물들을 쓰고 싶어."

몰리가 그 말을 기다리고 있었다는 듯이 웃는 얼굴을 보였다.

"어느 녀석을 원해?"

"그거, 쓸 수 있어?"

엠마가 원하는 게 뭔지 알아차린 몰리는 눈을 반짝이며 고개를 끄덕였다.

"좋은 센스야, 엠마."

몰리가 곧바로 작업에 착수했다.

아탈란테의 해치가 닫히고 엠마는 눈을 감았다.

여기까지 왔으니 이젠 도망칠 수 없다.

밖에서는 몰리와 파시가 무장을 준비하고 있었다.

혼자가 된 엠마는 이제부터 싸우러 간다는 공포와 싸웠다.

(무서워. 하지만, 나는.)

공포를 억누르려 하니 그리운 추억이 되살아났다.

그건 번필드가가 고아즈 우주 해적단을 격파하고 어느 정도 시간이 지났을 무렵의 기억이다.

◇

엠마가 어렸을 적.

그날 엠마는 모니터 앞을 혼자 점거하고 있었다.

다운로드한 동영상을 몇 번이나 재생하고는 같은 장면만을 반복해서 봤다.

　성인이 되기 전 번필드 백작의 영상이었다. 흉악한 우주 해적들을 친히 토벌한 백작에게 1대1 대담 형식으로 질문하는 내용이었다.

　질문자는 행성의 지배자── 귀족인 백작의 비위를 맞추려고 했다.

　『백작님이 친히 출격하여 우주 해적들을 격퇴했다고 들었습니다. 훌륭한 활약에 백성들 사이에서는 백작님이야말로 정의의 사도라고──.』

　정의의 사도란 말에 백작은 미간을 찌푸리고 불쾌해했다.

　그 후에 바로 쓴웃음을 지으니 질문자가 당혹스러워했다.

　『저, 저기, 백작님?』

　『그건 착각이다. 나는 하고 싶은 대로 했을 뿐이야. 우주 해적 놈들을 퇴치한 것도 내가 하고 싶었기 때문이다.』

　『그럼 역시 정의의──.』

　『아니지. 전혀 달라. 난 나를 관철했을 뿐이다. 놈들이 내 별에 한 발짝도 못 들어오게 하겠다고 정했으니 몸소 출격했을 뿐이다.』

　『그것을 올바른 행동이라고 하지 않습니까?』

　『올바른지 아닌지는 내게 상관없다. 난 해야 할 일을 했을 뿐이다.』

　질문자가 아리송해하는 가운데, 시간이 다 되어서 동영상은 거기서 끝나버렸다.

어렸을 때의 엠마는 리암의 모습을 보고 눈을 반짝였다.

"멋있어!"

리암의 이야기를 들은 어린 엠마는 이 별의 백성을 지키기 위해 우주 해적들을 한 발짝도 못 들어오게 하겠다는 결의라고 느꼈다.

그저 해야 할 일을 한다. 리암의 그 말에 크게 감동했다.

"나도 영주님처럼 되고 싶어!! 모두를 지키는 기사가 될 거야!!"

어렸을 때 동경하는 사람이 말했다.

이유 따위는 아무래도 상관없다. 그저 자신을 관철했을 뿐이라고.

(그렇다면, 나의 지금의 마음은——.)

"내가 싸우는 건, 이 아이—— 아탈란테를 타고 아군을 구하고 싶으니까."

한 번 눈을 감고 조종간을 쥐었다.

그리고 눈을 뜨니 눈동자 속에 빛이 깃들어 있었다.

"여기서 아군을 버리고 우주 해적들을 피하면, 가슴을 펴고 정의의 기사라고 할 수 없어. 동경하는 기사와 더욱 멀어지겠지. 그 사람과 가까워지기 위해서라도, 나는!"

엠마가 각오를 다지자 타이밍 좋게 몰리가 출격 가능하다고 알렸다.

『엠마, 언제든지 좋아. 잘 돌아와야 해, 정의의 기사님.』

아까 전의 결의가 들렸던 것 같다.

엠마는 조금 부끄러워했지만 금방 마음을 다잡았다.

"물론. 모두를 구하고 돌아올게."

『약속이야. 그럼 리프트로 이동시킬게.』

아탈란테를 고정한 암이 움직인 동시에 격납고의 해치가 열렸다.

암에 매달린 아탈란테가 허공으로 나왔다.

아탈란테가 출격하기 위한 자세를 잡았다.

엠마가 풋 페달을 서서히 밟으니 백팩에 있는 두 개의 부스터 유닛이 점화되었다.

추가 유닛으로 쓰는 부스터가 아닌 아탈란테가 표준 장비로 쓰는 부스터만을 사용했다.

"엠마 로드먼── 아탈란테 출격합니다!"

페달을 더 깊이 밟자 아탈란테를 고정하고 있던 리프트가 해제되며 기동기사가 허공을 날았다.

낙하하면서 등에 실은 부스터가 더더욱 불을 뿜어 가속해 나갔다.

가속해 나가는 아탈란테는 그 기세를 이용해 하늘을 날았다.

엠마의 몸이 관성에 눌려 시트에 쑥 파고들었다.

"윽!── 아직 멀었어어어어어어어!!"

아탈란테가 메레아에서 출격하자 콕핏 안에 파시의 목소리가 들렸다.

『진짜 기체를 제어하고 있어! 굉장해. 굉장해, 로드먼 소위!』

환희하는 파시의 목소리를 듣고 엠마는 괴로운 가운데 희미하게 미소 지었다.

　메레아의 격납고.

　아탈란테가 출격하자 멀리서 상황을 보고 있던 래리가 몰리의 곁으로 다가왔다.

　"그 녀석, 진짜 출격했냐."

　래리는 엠마의 마음이 이해되지 않는지 어이없어했다.

　몰리가 그런 래리에게 다가가서 불평했다.

　"같은 소대의 동료잖아. 너도 따라가야지."

　"말이 되는 소리를 해라."

　"그럼 버릴 거야?"

　버릴 거냐는 질문을 받고 래리는 고개를 숙이고 손을 꽉 쥐었다.

　그도 엠마가 걱정될 것이다.

　하지만 이미 마음이 꺾인 래리가 나설 자리는 없다.

　"우리가 뭘 할 수 있다고. 장비는 다 구식이고, 승조원들은 의욕이 전혀 없어. 우리가 가도 방해만 될 거야. 아니, 개죽음만 당하겠지."

　"그럴지도 모르지만."

　몰리도 더는 도울 방법이 없다고 생각했을 것이다.

　네반을 모는 정예들도 고전하는 전장이다.

　게다가 적이 압도적으로 적이 유리한 상황.

　구식 모헤이브를 탄 메레아의 부대가 가도 시간조차 벌지 못할 것이다.

"넌, 그 녀석한테 너무 무르다고."

무르다는 말을 들은 몰리가 고개를 숙이고 중얼거렸다.

"──친구니까. 내 말도 들어주고, 노력가니까."

몰리에게 메레아는 나쁘지 않은 환경이었다.

하지만 주위에는 의욕 없는 어른뿐. 말이 잘 통하는 친구는 없었다.

래리는 한숨을 쉬었다.

"제대하면 친구야 얼마든지 사귈 수 있잖아. 그리고 그런 타입은 오래 못 살아."

미련을 버리라고 말하는 것 치고는 래리도 엠마 혼자 보냈다는 죄악감이 있는 듯했다.

"──우리랑 같이 도망쳐야 했어."

"래리."

이번에는 낙담한 두 사람에게 더그가 다가왔다.

"진짜로 가버렸나."

"더그 씨까지 그러기에요?"

몰리가 볼을 부풀리자 더그는 아탈란테가 없는 격납고를 보고 큰 한숨을 쉬었다.

"이런 전쟁터에서 열심히 해봤자 무슨 소용이냐."

◇

우주 해적의 플랜트에서는 네반들이 아직 싸우고 있었다.

경보가 울리는 콕핏.

클로디아는 모니터 너머로 보이는 대형 병기를 노려보고 있었다.

마치 산을 앞에 둔 듯한 기분이었다.

아무리 공격해도 끄떡도 하지 않는 대형 병기에 진저리가 났다.

"이런 괴물까지 꺼내고!"

불평이 나와버렸다.

클로디아가 탄 네반은 왼팔을 잃은 상태였다.

오른손에 전용 장비인 빔 휩을 쥐고 있지만 대형 병기를 상대로 거의 통하지 않았다.

리버가 박수를 치며 클로디아 일행을 기분 좋게 칭찬했다.

『굉장하네요. 벌써 300기나 격파하셨어요. 그것도 모자라 '빅보어'의 장갑에 흠집까지 내다니. 참으로 감탄스럽습니다. 덕분에 유익한 데이터를 얻었어요.』

대형 병기 빅보어의 장갑에는 흠집이 약간 나 있었다. 클로디아가 조크의 근접 무기— 실체검이나 전투용 도끼를 주워서 몇번이나 내려친 자국이다.

하지만 아무리 공격해도 무기가 부서질 뿐, 공격이 통하지 않았다.

장갑의 틈새도 노려봤지만 소용없었다.

(네반의 출력만으로는 안 되나. 적어도 아군이 좀 더 있었으면! 유효타를 가할 수 있는 무기가 있었으면!)

옆에 있던 전자전 기체가 빅보어의 레이저에 다리가 불타 쓰러졌다.

"!"

클로디아 입장에서 보면 아군이 자신의 판단 미스로 차례차례 쓰러져 가는 것이었다.

그 광경에 클로디아는 마음이 아팠다.

(어디서 잘못했지, 나는——?)

좀 더 전력을 데려왔으면.

변경의 치안 유지 부대와 협력했다면.

좀 더 꼼꼼하게 준비했다면.

——하지만 다 의미 없는 후회다.

전력을 너무 많이 뽑으면, 본대에 지장이 생겼을 것이다.

변경의 치안 유지 부대가 협력했어도 이 상황이 뒤집힐 것 같진 않다.

시간을 들여 준비했다면—— 적이 도망쳤을 것이다.

"내 기량으로는 필연적인 상황이었군."

좀 더 유능한 기사를 파견했다면—— 크리스티아나라면 상황은 달랐을 것이다.

클로디아는 자신의 한심함을 탓했다.

(결국, 난 그분께 걸맞지 않았다.)

빅보어의 표면에 있는 렌즈가 클로디아를 향했다.

광학 병기로 클로디아의 기체를 불태울 생각일 것이다.

『이만 끝내도록 하죠.』

리버는 결판을 낼 생각인 것 같았다.

클로디아도 비장의 수단을 쓰기로 했다.

"우릴 얕보지 마라."

하다못해 자폭해서라도 끝까지 공격하겠다고 결단했을 때, 쓰러진 전자전 기체가 아군에게 통신을 열었다.

『아, 아군의 반응이──? 대체 이게 무슨?!』

클로디아는 부하가 드디어 착란을 일으켰나 했으나, 자신의 네반도 같은 반응을 보고했다.

아군 하나가 엄청난 속도로 다가오고 있었다.

"부스터를 장착한 건가? 아니 그보다 더 빠르다!"

애초에 메레아에 남은 기동기사용 부스터는 없고, 네반의 출력으로도 이런 속도는 낼 수 없다.

클로디아는 이 상황이 믿기지 않았다.

빅보어도 이변을 알아차리고 레이더가 감지한 방향을 향해 무기를 조준했다.

『흠? 아직 남은 병력이 있었군요. 하지만 데이터는 충분합니다. 더 상대할 이유가 없군요.』

직후 수천 갈래의 레이저가 타깃을 향해 발사되었다.

플랜트에 준비된 어떤 요격 병기보다 빅보어의 레이저가 더 강력하고 성가셨다.

클로디아 측도 통신장애로 노이즈가 심해서 다가오는 게 아군기라는 것 말고는 아무것도 알 수 없었다.

부하들도 부정적인 반응이었다.

『너무 무모해!』

『겨우 한 기로 어쩌겠다는 거지?』

차라리 너무 늦기 전에 혼자 도망쳤으면 싶은 수준이었다.

그러나 신기하게도 정체불명의 아군기는 적의 공격을 가볍게 피하며 점점 다가왔다.

"뭐지?"

클로디아도 분위기가 이상하다는 걸 깨달았다.

리버도 허둥거리기 시작했다.

빅보어의 강력한 레이더가 적의 기묘한 기동력을 여실히 전달해주고 있었다.

『대체 무슨 일이 일어난 거냐! 왜 맞질 않냐고?!』

이윽고 빅보어의 공격을 뚫고 아군이 도착했다.

클로디아는 그 기체를 보고 눈을 크게 떴다.

"시작실험기인가?!"

아탈란테는 레이저와 빔을 피하고자 기괴한 기동을 하고 있었다.

경이로운 사실은 아직 한 번도 공격을 맞지 않았다는 점이다.

그리고 놀랍게도 기세를 죽이지 못해 플랜트를 그대로 지나쳐

버렸다.

"──어?"

지나친 아탈란테를 지켜본 클로디아는 긴장감 없는 목소리를
내고 말았다.

◇

"아아아아아아!! 부탁이니까 진정해애애애!!"

아탈란테의 콕핏.

과민하게 반응하는 아탈란테에 고전하는 엠마는 속도가 너무
빨라 목적지인 적 플랜트의 상공을 지나쳐버렸다.

바로 방향을 전환했지만, 부스터의 출력이 강한 탓에 엄청난
부하가 걸렸다.

그 와중에 거대 병기에서 레이저가 발사됐다.

엠마는 순식간에 회피 동선을 짜고 조종간을 재빠르게 움직
였다.

"이 아이라면──."

다른 기체는 반응이 둔했지만 과민한 아탈란테는 엠마의 조작
속도에 착실히 반응했다.

"──할 수 있어!"

아탈란테가 레이저의 틈새를 누비듯이 날아 공격을 피해갔다.

"이 아이와 함께라면 나도 할 수 있어!"

어떤 기체를 타도 꼭 점성이 있는 물속에 있는 것 같은 기분이었다.

하지만 지금은 전혀 달랐다.

엠마는 물 만난 고기처럼 어려운 기체를 손발처럼 조종하고 있었다.

약간 휘둘리고 있지만 지금까지 어떤 파일럿이 타도 조종하지 못했던 기체인 걸 감안하면 합격점일 것이다.

다시 플랜트에 접근하기 위해 이번에는 고도를 낮췄다.

그리고 엠마는 콕핏 안에서 시선을 움직여 아직 살아있는 요격 시스템의 고정 포대와 차량을 확인했다.

"5, 6── 왜 이렇게 많아!"

숫자 세기를 포기한 엠마는 전용 라이플을 쥐었다.

신형 동력로의 높은 출력을 버티도록 설계된 라이플은 양산기인 네반의 무장보다 거대했다.

엠마는 비행을 유지하면서 트리거를 당겼다.

콕핏 안의 영상이 어지럽게 변화했지만, 엠마의 눈에는 적이 선명하게 보였다.

아탈란테의 라이플이 빛을 쏘자 고정 포대와 차량이 차례차례 꿰뚫렸다.

적기의 비명이 잇따라 들려왔다.

『이런 속도로 날아다니면서 어떻게 맞추는 건데?!』

『포대와 차량이 당했다!!』

『이 자식부터 먼저 처리해라!』

공격을 피하면서 총을 쏘는 곡예 같은 움직임에 적도 경악했다.

그들이 아탈란테를 노리기 시작하자 엠마는 곧바로 라이플의 모드를 전환했다.

"여기서 질 순 없어!"

아탈란테의 라이플은 여러 가지 모드를 지원한다.

연사는 물론, 산탄 같은 확산 공격도 가능하다.

총구에서 빔 입자가 산탄처럼 전방으로 흩뿌려졌다.

조크 여러 대가 한꺼번에 관통당해 맥없이 쓰러졌다.

라이플의 위력은 놀라웠지만, 몹시 다루기 어려웠다.

아군이 포위당한 상황에서 쓰기에는 부적합했다.

"그렇다면!"

아탈란테가 비행하면서 발을 디뎌 흙먼지를 일으켰다.

그대로 호버 주행을 하듯이 땅에 닿을 듯 말 듯 날면서 전용 라이플을 허리춤에 고정했다.

그리고 몰리에게 받은 무장을 양손에 쥐었다.

드럼식 머신건 두 정을 쥔 아탈란테가 이동하면서 덤벼드는 조크들을 향해 탄환을 흩뿌렸다.

도망칠 곳도 적고 수가 많은 적에게 명중했다.

『이 자식, 대체 어떻게 싸우는 거냐!』

적 파일럿이 그렇게 외쳤는데 그 직후에 조크의 머리가 관통당해 폭발했다.

그대로 한쪽 다리에도 착탄해 균형을 잃고 쓰러져버렸다.

엠마는 기관단총을 쓰면서 몰리의 정비 실력이 확실하다며 확신했다.

"굉장해, 몰리! 네 무기는 믿음직해!"

몰리가 정비한 무기는 문제없이 작동하고 있었다.

단순히 메카를 좋아하는 소녀가 아니라 몰리는 진짜 실력을 가진 정비사라는 것을 실감했다.

드럼식 머신건의 탄이 다 떨어지자 엠마는 망설임 없이 기관단총을 버렸다.

대신 꺼낸 것은 기동기사용 샷건이었다.

실탄을 발포하니 조크의 양다리가 날아갔다.

사방은 이미 조크로 둘러싸였고, 하늘은 대형 병기의 저격에 무방비해진다.

그런 상황에 엠마는 시선을 움직여 주위의 움직임을 보고 있었다.

"이쪽이다!"

(이 적의 다리를 파괴한 다음에는 저기 있는 적을 노린다.)

적이 내려치는 전투용 도끼를 아슬아슬하게 피하고는 사이드 스커트에 수납된 레이저 블레이드의 칼자루를 왼손에 쥐었다.

"근접 무기는 조금 서툴지만!"

레이저 블레이드의 칼날이 가까이에 있던 조크의 다리를 베었다.

아탈란테의 고출력 에너지를 받아 레이저 블레이드의 출력도 강화됐는지, 아주 쉽사리 조크의 사지를 잘라냈다.

난잡하게 휘둘러도 적을 베어나갈 수 있는 건 그야말로 아탈란테의 성능 덕분이었다.

검술은 자신이 없어서 레이저 블레이드를 선호하지 않았지만, 샷건의 탄약이 다 떨어지자 레이저 블레이드로만 싸웠다.

"팔다리를 노리면 죽이지 않고 해치울 수 있어!"

적도 팔다리만 노리는 걸 깨달았는지 아탈란테에 대한 공포심이 누그러진 것 같았다.

『이 자식, 상황이 이런데, 우릴 죽이지 않을 생각인가? 그럼 우리가 죽여주지!』

엠마는 큰 양손 도끼를 휘두르며 오는 조크를 얼핏 보고 바로 아탈란테를 회전시켰다.

도끼가 아탈란테의 바이저를 살짝 스치며 금이 갔다. 하지만 그 대신 아탈란테의 레이저 블레이드가 조크의 팔다리를 절단했다.

차례차례 쓰러지는 조크 때문에 주위에 발을 디디기가 힘들어졌다.

적은 아군을 밟고 넘으면서 아탈란테에게 다가왔다.

"──이제 됐으려나."

하지만 엠마는 목적을 달성했다.

조크들이 가져온 차량을 다 파괴해서 이 이상은 상대할 필요가 없었다.

"이제 타이밍을 재서 하늘로 돌아가면."

그대로 땅을 미끄러지듯이 이동해서 날아오를 타이밍을 기다리고 있으니 안 좋은 예감이 들어 그 자리에서 이탈했다.

그러자 광학 공격이 차례차례 아탈란테를 향해 날아들었다.

"아군도 통째로?!"

지상에는 조크가 밀집되어 있고, 아탈란테가 쓰러뜨린 적도 여기저기 널브러져 있다.

그러나 적은 닥치는 대로 공격을 퍼부었다. 조크들이 휘말리면서 차례차례 폭발이 일어났다.

조크가 이만큼 밀집해 있으면 대형 병기도 공격하지 않을 것이라고 안이하게 생각하고 있었다.

"도, 동료인데 어떻게 이런 짓을!"

엠마는 동료를 희생하는 적을 향해 소리쳤지만, 다시 광학 공격이 포물선을 그리며 아탈란테에게 쏟아졌다.

근처의 조크가 또다시 폭발했다. 또 한 조크는 콕핏을 뚫려 맥없이 쓰러졌다.

"?!"

아군도 상관하지 않는 끔찍한 광경에 엠마가 얼굴을 찌푸렸다.

레이저 빔을 발사하는 대형 병기의 파일럿이 강제적으로 아탈란테와의 통신 회선을 열었다.

『넌 대체 뭐냐!』

적 파일럿이 초조함과 짜증이 묻어나는 목소리로 호통치듯이 질문했다.

질문을 받을 줄은 생각지 못했던 엠마는 분노와 흥분으로 인해 엉겁결에 대답하고 말았다.

"난── 정의의 기사다!"

엠마의 어이없는 대답에 적은 기만당했다고 생각했는지 분개했다.

『바, 바보 취급하다니! 제3의 기체인 것 같은데, 그 정도로는 이 빅보어의 적수는 못 된다!』

빅보어가 다시 공격을 시작하려고 하자 아군과의 통신이 열렸다.

『로드먼 후보─ 소위!』

"클로디아 교관님?!"

훈련받을 때의 호칭으로 부를 뻔한 것은 클로디아가 당황했다는 증거일 것이다.

『간결하게 이야기하겠다. 놈은 지하의 발전 장치와 연결되어 에너지를 공급받는 상태다. 장갑도 두꺼워 기동기사의 무기로는 공격이 통하지 않는다. 특히 광학 병기는 에너지 필드를 돌파하지 못한다.』

날아올라서 고도를 높인 아탈란테는 고전하고 있는 클로디아 일행의 네반을 봤다.

(교관님의 부대인데도 이렇게 몰렸어?! 그럼 내가 어쩔 수 있는 게── 아니, 나랑 이 아이라면, 분명 할 수 있어. 해내는 거야!)

아탈란테는 레이저 블레이드의 칼자루를 사이드스커트에 수납하고 실탄 병기인 머신건으로 무장을 바꿨다.

"실탄 병기라면 가능성이!"

방아쇠를 당기자 탄환이 발사되어 빅보어에게 공격을 가했다.

장갑판에 맞은 탄환은 튕겨 나갔지만, 엠마가 노린 것은 렌즈였다.

이윽고 렌즈에 탄환이 명중했다.

"됐다!"

하지만 파괴된 렌즈가 바로 배출되더니 곧 새로운 렌즈가 나타났다.

엠마는 그대로 몇 번이나 공격해서 렌즈를 파괴했지만 같은 결과가 반복될 뿐이었다.

"끝이 없네!"

순간적으로 소리를 지르니 초조해하던 적 파일럿이 침착함을 되찾아 갔다.

『소용없어요. 렌즈는 얼마든지 교체 가능합니다. 아무리 날아다닌다고 해도 당신에게 승산은── 뭐야? 왜 갑자기 출력이 떨어졌지? 내부 전원으로 전환되었나? 발전기와의 접속이 끊긴 건가?!』

빅보어의 움직임이 약간 둔해졌다. 그리고 곧 통신 장애가 해소되었다.

클로디아의 콕핏 모니터 한쪽에 육전대 지휘관의 얼굴이 비쳤다.

『적의 발전 시설을 제압했다.』

행방불명되었던 육전대가 지하 깊이 설치된 발전 시설을 제압해 빅보어의 전력을 차단한 모양이었다.

육전대가 무사한 것을 알고 클로디아가 놀랐다.

『그 상황에 지하로 간 건가?』

육전대 지휘관이 입꼬리를 살짝 올리며 웃음을 지었다.

『이 정도 아수라장은 익숙하다. 하지만 아직 안심할 수 없다. 그 괴물은 내부 전원이 있는데, 전력이 떨어지면 강제로 자폭하는 구조인 것 같다. 이 기지가 흔적도 없이 날아갈 위력이다.』

지휘관 옆에는 우주 해적의 간부로 보이는 남자가 쓰러져 있었다. 저 남자에게서 얻은 정보일 것이다.

『제한 시간은 10분. 처리할 수 있나?』

쓰러뜨릴 수 있냐는 질문을 받고 클로디아가 대답하지 못하고 있으니 그 대신──.

"할게요. 해낼게요."

──엠마가 대답했다.

그 말을 듣고 지휘관이 쓴웃음을 지었다.

『이렇게 될 줄 아신 건지, 아니면 그냥 변덕인지── 정말 속을 알 수 없는 분이군.』

엠마와 클로디아는 그게 무슨 말인지 알 수 없었지만 육전대 지휘관은 설명하지 않았다.

『그럼 건투를 빈다.』

◇

플랜트 지하.

육전대는 생포한 해적들을 데리고 지상으로 향했다.

지휘관 옆에서 엠마에게 아탈란테를 전달한 여자 대원이 말했다.

"정말로 저걸 조종하네요."

"저런 바보 같은 기체를 운전할 수 있는 사람은 우리 보스나 천재밖에 없을 줄 알았지. 설마 저런 아가씨가 조종할 줄은 몰랐어."

주위의 부하들은 모두 보스가 누구를 의미하는지 이해하고 있었다.

지휘관은 엠마의 장래에 대해 흥미를 품은 것 같았다.

"어쩌면 저 기사도 엄청난 괴물이 될지도 몰라."

여자 대원도 고개를 끄덕이며 동의했다.

"그때는 그녀에게 기동기사를 전해준 사람이 저라면서 자랑할 거예요."

"물건을 전해주라는 말을 들었을 때는 의문이 들었는데, 결과를 보면 보스의 생각대로 된 건가? 그분은 어디까지 예상하신 건지."

지상을 향해 가고 있는 육전대의 면면들이 주위를 경계하면서 걷고 있으니 살아남은 우주 해적들이 무기를 들고 나타났다.

우주 해적들의 무장은 육전대의 장비에 비해도 뒤떨어지지 않는 수준이었다.

장비에 믿는 구석이 있는지 우주 해적 여자가 큰 라이플을 겨누고 자신 있게 방아쇠를 당겼다.

"마음대로 날뛰고 자빠졌어."

총알이 흩뿌려지자 주위의 벽과 바닥에 구멍이 뚫렸다.

육전대에 붙잡힌 해적 간부가 울부짖었다.

"내가 여기 있는데 쏘는 거냐!"

같은 편에게 공격당한 것이 충격인 듯했지만 적은 상관하지 않는 것 같았다.

"잡힌 게 잘못이지! 전부 죽여라!!"

적과 아군을 가리지 않고 쏘는 적에 대항해서 육전대 사람들이 앞으로 나왔다.

엠마에게 아탈란테를 전해준 여자 대원이 나이프를 뽑아 벽을 달렸다.

총알을 피하면서 적에게 접근하더니 전투 슈트의 틈새에 나이프를 찔러 넣었다.

찌른 나이프를 재빠르게 뽑고 라이플로 무기를 겨누는 적의 머리를 쐈다.

그 사이에 다른 대원들이 남은 적을 제거했다.

어느새 살아있는 건 가장 앞에서 나섰던 여자 해적 한 명뿐이었다.

해적이 가지고 있던 무기가 파괴되자 지휘관이 권총을 겨눴다.

"넌 간부인가?"

"어? 아니, 그——."

지휘관은 바로 답하지 못한 여자 해적을 향해 주저 없이 발포했다.

머리를 뚫린 여자 해적이 천장을 보고 쓰러졌다.

"——좋아, 계속 가지."

아무 일도 없었다는 듯이 나아가는 특무육전대를 보고 있던 우주 해적의 간부는 덜덜 떨었다.

"번필드가는 병사까지 전부 괴물인가."

段落

메레아의 격납고.

멀리서 상황을 보고 있던 파시는 엠마가 요격 시스템을 파괴한 것을 확인하고 무기 컨테이너 발사를 결정했다.

"무기 컨테이너를 발사한다고 사령관님께 전해."

부하 한 사람이 브릿지에 발사 허가를 구하는 동안에 파시는 아탈란테의 전투 데이터를 확인하고 있었다.

보통 사람은 운전하지 못하는 기체인데, 엠마는 능숙하게 운전하고 있었다.

"천재—— 아니, 남다른 재능일까? 정말 대단해."

감탄하고 있으니 상황을 보러 온 몰리가 말을 걸었다.

"엠마는 어때요?"

질문을 받은 제3병기공장의 개발 스태프들은 몰리의 행동을 성가시게 여기는 듯했다.

하지만 데이터에 집중하고 있는 파시가 얼굴을 돌리지 않고 이야기했다.

"열심히 하고 있어."

"다행이다~."

가슴을 쓸어내리고 안도하는 몰리는 엠마가 살아있다는 사실에 기뻐했다.

파시가 미간을 찌푸렸다.

몰리의 태도에 화를 낸 것이 아니라, 싸우고 있는 아탈란테가 전용 장비가 아닌 실탄 병기를 사용하고 있었기 때문이다. 심지어 네반용 장비조차 아니었다.

"이건 대체 어디서 주워온 무기야? 네반용 무장으로 싸우는 데이터가 필요한데."

푸념하고 있으니 몰리가 계속해서 갱신되는 데이터를 들여다봤다.

"아, 이건 내가 준 거다. 엠마, 써줬구나."

"——뭐라고?"

몰리는 기뻐하고 있었다.

"내가 정비한 무기니까 네반용 장비가 아니란 말이지. 아, 그래서 제일 굉장한 게 있는데."

자랑하듯이 이야기하는 몰리를 보고 파시는 하늘을 우러러봤다.

"왜 쓸데없는 짓을 하는 거야."

◇

엠마에겐 거구인 빅보어가 작은 산처럼 보였다.

그 주위를 날아다니는 아탈란테를 탄 엠마는 조종간과 풋 페달을 조금씩 움직이고 있었다.

엠마는 난폭한 말 같은 기체를 요령 좋게 타고 있었지만, 그래도 완벽하진 않았다.

광학 공격을 피하려고 기체가 조금씩 무리한 기동을 반복하고 있었다.

약간, 아주 약간 휘둘려서 고출력 레이저가 장갑의 표면을 스쳐 불태웠다.

그리고 아탈란테의 동력로가 생성해내는 높은 출력이 관절부에 많은 부하를 걸었다.

적의 공격을 계속 피한다고 해도 자멸하는 게 먼저일 것이다.

"부서지기 전에 쓰러뜨려야 해."

헬멧 속에서 땀을 흘리는 엠마는 빅보어의 장갑에 있는 렌즈가 약간 움직인 것을 확인하고 바로 기체를 움직였다.

기체를 회전하여 수많은 레이저를 종이 한 장 차이로 피했다.

마치 처음부터 어디로 공격이 올지 알고 있는 것 같은 움직임이었다.

아탈란테는 엠마의 반응속도를 확실하게 따라왔다.

"이 아이와 함께라면 분명 난──."

엠마는 마치 무게추에서 해방된 것 같았다.

그러나 가진 라이플로는 빅보어의 장갑을 뚫을 수 없다.

엠마는 보유 장비를 확인했다.

"출력이 높아졌어도 레이저 블레이드로는 안 돼. 머신건, 실체검도 완전히 쓰러뜨릴 수 있을 것 같지 않아. 그렇다면!"

엠마는 라이플과 머신건, 왼팔의 실드와 실체검을 기체에서 분리했다.

가벼워진 아탈란테는 더더욱 가속했다.

무기를 전부 버렸다고 착각했는지 아군으로부터 걱정스럽게 욕하는 소리가 들려왔다.

『뭐 하는 거야!』

『무기를 전부 버리면 어쩌자고!』

짜증이 섞여 있긴 했지만, 걱정하는 게 전해졌다.

다만 엠마도 그냥 무기를 버린 게 아니었다.

왼팔에는 실드 아래에 숨겨뒀던 무기가 달려있었다. 네반에는 없는, 몰리가 준비해준 비장의 수단이다.

주위의 목소리에 대답할 틈도 없이 엠마는 아탈란테의 리미터를 해제했다.

조종석에 부착된 간이 장치의 스위치를 오른손으로 차례차례 전환해 나갔다.

과도한 에너지가 온몸을 돌아 각 부분에서 비명과 같은 비정상적인 소리가 났다.

관절에서 흘러넘친 에너지 때문에 전기가 방출됐다.

그리고 아탈란테의 금 간 바이저가 남아도는 에너지를 버티지 못하고 깨지고 트윈아이가 달린 페이스가 드러났다.

"바로 끝내주겠어!"

◇

클로디아가 덤벼든 해적에게서 빼앗은 도끼로 조크를 베어서 쓰러뜨렸다. 그녀의 시선은 빅보어와 싸우는 엠마에게 향했다.

전기를 방출하면서 하늘을 날아다니는 아탈란테의 모습은 마치──.

『──번개.』

어느 부하가 중얼거린 말을 듣고 어울리는 별명이라고 생각했다.

하지만 무기를 버린 것이 이해가 안 됐다.

"무기를 모두 버려서 어쩔 셈이지? 우리가 모르는 무기가 남아 있나?"

시작실험기인 아탈란테에 클로디아도 모르는 무장이 실려 있다고 해도 이상하지 않다.

다만 클로디아는 그 이상으로 자신이 알아차리지 못한 엠마의 재능에 경악했다.

결함기라 불린 기체를 운전할 뿐만 아니라 성능을 발휘하고 있었다.

일반적인 양산기, 혹은 커스텀기를 뛰어넘는 성능을 제어하고 있었다.

그것은 곧 엠마에겐 그만한 재능이 있었다는 증거이다.

"난 알아차리지 못한 걸, 그분은 알아차린 건가."

말하자면 남다른 재능.

통상적인 시험으로는 알아볼 수 없는 특수한 재능.

밸런스가 이상하고 어시스트 기능이 없는 기동기사를 수족처럼 조종하는 실력.

어시스트 기능이 일반적인 현대에서 이런 재능은 알아차리기 전에 적성이 없다고 제외되기 쉽다.

실제로 클로디아는 엠마를 무능한 사람 취급했다.

——그분은 그걸 간파하고 일부러 엠마에게 적절한 기체를 보내줬다.

클로디아에겐 분한 마음과 함께 질투의 감정도 솟아났다.

그분에게 총애받는 사람이 자신이 아니라 엠마라는 것이 분했다.

그런 아탈란테를 향해 플랜트에 쳐들어온 조크가 머신건을 겨눴다.

『저놈을 격추해라!』

우주 해적이 탄 조크들이 부자연스러운 움직임을 보이는 아탈란테부터 먼저 격파하려고 행동에 나섰다.

그런 적기를 향해 클로디아가 기체를 부딪쳐 상대의 자세가 무너진 때를 노려 도끼를 내려쳤다.

"한눈을 팔다니 배짱 한번 좋구나."

『그, 그만!』

가차 없이 콕핏에 도끼를 내려쳤다.

그대로 도끼를 놓은 클로디아는 조크에게서 머신건을 빼앗았다.

네반이 머신건의 그립을 쥐자 ID를 요구받았다.

적에게 무기를 빼앗겨도 쓰지 못하도록 하기 위한 보안이지만, 클로디아가 이끄는 기사들은 정예 집단이다.

클로디아는 바로 해킹에 착수했다.

익숙한 움직임으로 머신건의 사용 권한을 얻었다.

오른팔에 든 머신건으로 차례차례 나타나는 조크를 격파하면서 부하들에게 명령했다.

"시험기에 그 누구도 다가가지 못하게 막아라!"

『알겠습니다!』

네반들은 아탈란테를 지키기 위해 몰려오는 조크와 계속해서 싸웠다.

자신을 지키기 위해 싸우는 아군의 모습을 본 엠마는 클로디아 일행에게 말을 걸었다.

『교관님?!』

"넌 네가 해야 할 일을 해라!"

엠마의 재능과 그분의 기대를 받는 전 제자에게 질투는 하면서도 해야 할 일은 착각하지 않았다.

『아, 네!』

황급히 대답하는 엠마를 보고 클로디아는 쓴웃음을 지으면서 생각했다.

(이런 때까지 교관이라 부르다니, 바보 녀석.)

클로디아는 사심을 버리고 눈앞의 적과 맞섰다.

하지만 무기가 부족했다.

(젠장! 네반 전용 무장이 있으면.)

적에게서 무기를 빼앗아가면서 싸우고 있었는데 갑자기 아군
이 불렀다.

『대장님, 선물이 도착했습니다!』

기뻐하는 부하의 목소리를 듣고 위를 보니 무기 컨테이너가 다
가오고 있었다.

전장에 무기 컨테이너가 격렬한 소리를 내며 낙하하자 해치가
열리고 무기가 나왔다.

"이걸 위해 포대와 차량을 파괴한 건가?"

아탈란테의 행동을 이해한 클로디아는 오른손에 든 무기를 버
리고 네반용 무기—— 손에 익은 빔 휩을 잡았다.

외팔이가 된 클로디아의 네반은 라이플로 아탈란테를 조준하
는 조크를 발견했다.

『쏴 갈겨라! 아무리 빠르다고 해도 이 숫자를 상대할 수 있을 리
가——.』

아탈란테를 향해 사격하고 있는 적기에게 클로디아의 네반이
빔 휩을 휘둘러 머리를 날려버렸다.

"얕보자 마라, 우주 해적 놈들."

외팔이가 된 클로디아의 네반이 빔 휩을 휘둘러 주위의 적을 차
례차례 쓰러뜨려 나갔다.

클로디아뿐만이 아니라 다른 네반도 무기를 얻자 우주 해적들
이 탄 조크에게 공세를 가했다.

『저 시험기를 파괴하게 두지 마라!』

『근성을 보여줘라!』

『무기만 있으면 네놈들 해적에게 지지 않는다!』

아까 전까지 고전을 면치 못하던 아군이 아탈란테를 지키기 위해 분전했다.

클로디아도 마찬가지였다. 콕핏 안에선 온갖 경보가 울리고 있었지만, 그녀는 입꼬리를 올리며 적에게 달려들었다.

이미 스러스터의 추진제도 고갈되어 하늘을 나는 것도 불가능하다.

하지만, 그래도──.

"누가, 누구를 건드린다고?"

──육박해 오는 적을 향해 갔다.

빔 휩을 한 번 휘두를 때마다 적기 여럿이 한꺼번에 날아갔다.

그런 클로디아에게 뿔이 달린 조크가 다가왔다.

왼손에 장비한 방패를 앞으로 내밀고 창을 든 오른손을 내리고 있었다.

자신도 죽을 생각으로 찌를 작정인 듯했다.

"좋다. 그 정도의 기개를 보여주지 않으면 우리도 재미없지!"

빔 휩이 적기를 덮치고 휘감겼다.

클로디아는 빔 휩을 그대로 옥죄여서── 기체를 박살냈다.

폭발이 일어나자 주위의 조크들이 주춤했다.

너덜너덜해지면서도 계속 싸우는 네반을 보고 겁을 먹은 모양이었다.

"이제 와서 겁먹었나? 네놈들이 누구를 적으로 돌렸는지 내가 직접 가르쳐주지. 번필드가의 이름을 가볍게 본 업보를 치러라."

아군의 보호를 받은 아탈란테는 땅에 착지했는데 속도를 줄이지 못해 슬라이딩하는 상태가 되었다.

그리고 관절에서 발생하는 방전 현상이 더더욱 강해져 갔다.

◇

아탈란테의 콕핏 안.

관절을 비롯해 기체가 출력을 견디지 못한다는 경보가 연신 울리고 있었다.

하지만 엠마에게 경보를 신경 쓸 여유는 없었다.

엠마는 쏟아지는 레이저의 비를 피하면서 빅보어에게 접근했다.

이따금 공격이 기체에 닿았지만, 장갑을 빨갛게 달구기만 하고 뚫지는 못했다.

네반과 똑같은, 아니, 그 이상으로 특수한 가공이 된 장갑이었다.

그래도 계속 공격을 받는 것은 좋지 않다.

"아탈란테를 얕보지 마아!"

여기서 물러나면 진다는 생각에 엠마는 아탈란테를 앞으로 전진시켜 빅보어와 접촉했다.

만질 수 있을 정도의 거리까지 오니 광학 병기의 사정권에서 벗어났다.

대신 빅보어의 복부에 마련된 기관총이 불을 뿜었다.

하지만 아탈란테의 각 부분에서 방전되는 에너지가 배리어 역할을 해서 탄환의 방향이 비틀려서 빗나갔다. 탄환은 아탈란테에게 닿지 않았다.

그리고 접촉함으로서 통신 회선이 열렸다.

모니터 일부에 적 파일럿의 모습이 확실하게 비쳤다.

거기에는 정장을 입은 남자가 비치고 있었다.

전장에 어울리지 않는 차림을 한 남자는 눈을 크게 뜨고 웃고 있었다.

『겨우 한 기로 뭘 할 생각입니까? 이미 결과는 뻔합니다. 몇 분 후면 이 빅보어는 당신들과 함께 폭발하겠지요.』

내부 전원이 끊어지는 타이밍에 자폭한다는 걸 알고 있으면서 남자는 태연했다.

자신이 죽는다는 것을 생각하지 않는 남자의 태도에 엠마는 기분이 나빠졌다.

"이 상황에 어떻게 웃을 수 있지?"

아탈란테는 빅보어를 미는 듯한 형태를 취했지만 대형 병기인 상대는 질량 차이도 있어서 꼼짝도 하지 않았다.

엠마는 공포심을 보이지 않는 남자에게 물었다.

"너도 죽는데 무섭지 않아?"

193

엠마는 죽는 것이 무서웠다.

기사는 죽음 따위는 두려워하지 않고 명예를 위해 싸우는 무인 기질인 기사도 많다.

하지만 엠마는 죽는 것이 두려웠다.

그래도 앞으로 나와서 싸우는 건 자기 뒤에는 지켜야 하는 사람들이 있다는 걸 이해하고 있기 때문이다.

이곳에는 없지만, 자신은 기사—— 번필드령에 사는 백성들을 지킬 의무가 있다.

그런 마음과 동경이 엠마를 여기까지 이끌고 왔다.

하지만 눈앞에 있는 존재는 너무 이질적이었다.

『전 훨씬 전에 죽음을 극복했습니다. 전 미스터 리버. 몇 번이고 되살아나는 불멸의 영업맨이죠.』

농담 섞인 자기소개인데 이곳의 분위기도 있어서 굉장히 어울리지 않았다.

그게 남자에게 품은 공포심을 더더욱 커지게 했다.

"극복했다고?"

어떤 기술을 써서 몇 번이고 되살아나는 불멸의 존재라 말하고 싶은 것이리라.

원래 그런 기술은 많은 성간 국가에서 사용이 금지되었을 것이다.

그런 기술을 이용할 수 있는 입장에 있다는 뜻일 텐데—— 그렇다고 해서 전장에서 제멋대로 굴도록 둘 수는 없다.

엠마는 죽음을 극복했다고 말하는 리버에게 강한 혐오감을 품었다.

"다른 사람의 목숨을 뭐라고 생각하는 거야!"

리버는 같은 편인 우주 해적의 목숨조차 값싼 소모품처럼 취급했다.

엠마는 그게 용서가 안 됐다.

『목숨? 그건 그냥 소모품이에요. 인간이란 결국 자원 중 하나에 불과하죠. 그건 전장에 몸을 둔 당신들도 마찬가지일 겁니다.』

"우리는 소모품이 아니야!"

바로 부정했지만 리버는 받아들이지 않았다.

『아니요. 당신들의 주군만 봐도 알 수 있습니다. 귀족이야말로 인간의 목숨을 아무렇지 않게 여기는 인종입니다. 인간의 목숨은 자기들을 위해 존재한다고 진심으로 믿고 있는 분들이니까요.』

그 말을 듣고 엠마는 격분했다.

동경하는 그 사람을 헐뜯어 머리에 피가 거꾸로 솟는 것을 느꼈다.

조종간을 쥐었고, 밀어내는 힘이 늘어난 것 같은 느낌이 들었다.

──아탈란테가 서서히 파워를 높여갔다.

"그 사람은 달라! 그 사람을 무시하지 마!"

하이드라에 개선했을 때의 어비드의 모습이 떠올랐다.

우주 해적들이 쳐들어오자 몸소 출격해서 적을 쳐부쉈다.

많은 목숨을 구한 명군이자 영웅의 모습을 떠올린 엠마는 리버의 말을 받아들일 수 없었다.

하지만 리버는 주군── 리암이야말로 목숨을 경시하고 있다고 단언했다.

『번필드 백작도 똑같아요. 그야말로 목숨을 경시하고 있죠. 정말로 사람의 목숨을 소중히 여기는 자라면 해적들을 가차 없이 죽이거나 하진 않아요.』

"!"

엠마는 한순간 리버의 말을 부정하지 못했지만 있는 힘껏 조종간을 밀었다.

"네가── 그 사람에 대해 말하지 마아아아!!"

엠마의 마음에 호응하듯이 아탈란테의 방전 현상이 더더욱 심해졌다.

동시에 파워가 상승해갔다.

백팩의 부스터가 점화되고 아탈란테 뒤에 있던 잔해를 날렸다.

부스터의 힘도 빌려서 아탈란테가 빅보어를 밀어 올렸다.

그대로 들어 올리듯이 밀어 올리자 빅보어가 기울어지기 시작했다.

이에 리버도 놀랐다.

『무, 무슨 짓이죠?!』

아탈란테가 짙어진 부스터의 불꽃의 기세가 더 강해지더니 빅보어의 거구를 들어 올리기 시작했다.

이런 전개는 리버도 예상하지 못했을 것이다.

기체가 기울자 그는 콕핏 안에서 허둥댔다.

엠마는 빅보어를 째려보며 선언하듯이 외쳤다.

"난, 그 사람 같은── 정의의 기사가 될 거야아아아!!"

아탈란테의 트윈아이가 강한 빛을 발하더니 빅보어를 들어 올려버렸다.

한쪽이 들리자 빅보어의 배 부분이 드러났다. 이쪽은 적의 공격을 상정하지 않은 부분이다. 다른 부분만큼 장갑이 두껍지 않은 것이다.

하지만 광학 병기 대책이 되어있어서 아탈란테의 전용 라이플로는 뚫을 수 없다.

그리고 내부에 있는 자폭 장치. 섣불리 파괴하면 폭발할 우려가 있다.

엠마는 아군이 분석한 자폭 장치의 자료를 확인하고 왼팔에 장착한 무기가 더 유효하다고 판단했다.

(콕핏 부분을 뚫으면 자폭을 피할 수 있어!)

빅보어를 뒤집은 아탈란테는 그대로 왼손으로 배 부분을 때렸다.

손이 아닌 왼팔에 장착한 무장이 빅보어의 배에 박혔다.

엠마는 조종간의 트리거를 당겼다.

그러자 말뚝을 감싸고 있던 통에 달린 장치가 열렸다.

마치 활과 같은 형태로 열린 두 개의 봉에 아탈란테로부터 공급된 에너지로 인해 빠직빠직 전기가 발생했다.

파일을 쏘기 위해 에너지를 모으는 방식인데, 아탈란테로부터 흘러든 과도한 에너지로 인해 파일이 노란 빛의 말뚝이 되었다.

"뚫어라아아아!!"

파일 벙커가 말뚝을 발사하자 빅보어의 배에 깊숙이 박혔다.

발생한 충격으로 인해 빅보어의 장갑판이 크게 움푹 팼다.

발사된 말뚝은 그대로 안쪽까지 박혀서── 내부에 도달하자 말뚝이 빨갛게 빛나며 폭발했다.

내부에 있던 리버는 파일 벙커를 보고 경악했다.

『그런 시대착오적인 무장을 어떻게──.』

회선이 뚝 끊어지는 아주 잠깐의 순간── 엠마는 리버가 고깃 덩이가 되어 튀는 모습을 보고 말았다.

"?!"

아탈란테가 하늘로 날아오르자 빅보어는 내부에서 폭발해서 배에 뚫린 구멍으로 불을 뿜었다.

그 모습을 보고 있던 클로디아가 전자전 기체를 향해 소리쳤다.

『해석을 서둘러라!』

『──자폭 장치는 작동하지 않았습니다. 좀 조마조마했어요.』

아무래도 자폭 기능을 작동시키지 않고 파괴한 모양이다.

엠마는 모든 것이 끝났다고 생각해서 안도했다.

그러자 아탈란테가 한계를 맞아 관절부에서 연기를 냈다.

"어? 어, 어라?! 떠, 떨어진다아아아!"

기체가 떨어지자 클로디아의 네반이 팔 하나로 아탈란테를 굳

건하게 받아냈다.

그리고 접촉으로 인해 회선이 열리자 클로디아의 모습이 비 쳤다.

꽤나 피곤한 얼굴이었지만 마지막에 낙하한 엠마에게 질렸다 는 목소리로 말했다.

『마지막은 결국 손이 가게 하는군.』

하지만 그 얼굴은 미소 짓고 있었다.

클로디아가 웃는 모습은 한 번도 본 적이 없는 엠마가 눈을 휘 둥그레 떴다.

"교관님!"

『대령이다. 지금은 교관이 아니다.』

"아, 네."

마지막의 마지막에 주의를 받은 엠마는 부끄러워서 고개를 숙 였다.

그런 대화를 하고 있으니 우주 해적들이 탄 조크가 모여들었다.

『——그 썩을 놈이 죽었지만 너희들만이라도.』

해적들이 자기들을 포위하는 상황에 엠마는 식은땀을 흘렸지 만 아탈란테의 레이더가 아군의 접근을 알렸다.

경항모 메레아였다.

"말도 안 돼?! 와준 거야?!"

도망친 줄 알았던 메레아의 출현에 엠마도 깜짝 놀랐다.

경항모가 플랜트 상공에 나타났고, 거기서 모헤이브가 차례차례 강하해왔다.

　그 모습을 보고 살아남은 해적들은 당황했다.

『아직 전력을 남겨둔 거냐?!』

　메레아와 모헤이브가 나타난 것을 보고도 아직 싸울 생각인 듯했다.

　하지만 메레아만 온 것이 아니었다.

　엠마는 아탈란테의 레이더가 감지한 아군의 반응에 놀랐다.

"우주에서도 오는 거야?!"

　엠마가 천장을 올려다보니, 하늘에는 대기권을 돌파해서 오는 몇 척이나 되는 전함이 보였다.

　한 척이나 두 척이 아니었다.

　수백 척이나 되는 함정이 차례차례 대기권을 돌파해서 낙하해왔다.

　그건 클로디아가 이끌던 본대였다.

『왔는가.』

　우주전함에서 차례차례 네반이 출격해서 강하하더니 조크들을 공격했다.

　클로디아가 탄 기체와 똑같이 뿔을 가진 회색 네반이 가까이에 강하해왔다.

『늦었습니다.』

　아탈란테를 안은 클로디아의 네반 주위에는 수십 기의 네반이 내려서 경계했다.

클로디아는 아군의 등장에 무표정하지만 약간 부드러운 목소리로 대답했다.

『아니다. 살았다.』

하지만 주위에서는 처참한 광경이 펼쳐지고 있었다.

날개를 펼친 네반이 우왕좌왕 도망치는 해적들이 탄 조크를 쫓아서 차례차례 격파해 나갔다.

자비 따윈 없이 철저하게 파괴했다.

날개를 펼친 네반이 등을 보인 조크를 가차 없이 덮쳐 콕핏에 실체검을 찔렀다.

에이스급 파일럿들은 마치 경쟁하듯이 조크를 파괴하고 있었다.

지금까지와는 다른 압도적인 광경을 앞에 두고 엠마는 드디어 끝났다며 안도의 한숨을 쉬고―― 리버라는 남자의 마지막 순간을 떠올렸다.

헬멧의 바이저를 열고 입을 양손으로 막았다.

자신이 죽인 적의 모습―― 게다가 죽기 직전의 얼굴을 떠올린 엠마는 배 안에 있는 것을 전부 토해버렸다.

메레아의 격납고.

모헤이브의 손에 옮겨진 아탈란테를 앞에 두고 몰리가 머리를 긁적이고 있었다.

"이거 수리할 수 있을까? 왼팔은 아예 교체해야 할 것 같은데. 출격 한 번으로 특수기를 이렇게나 망가트리다니."

왼팔은 특히 심각해서 수리하는 것보다 교체해야 한다고 생각하는 듯했다.

기체를 체크하는 파시와 제3병기공장의 관계자들.

간단하게 콕핏 청소를 끝낸 파시 일행은 엠마의 조종 기록을 보고 굳은 표정을 지었다.

"──믿기지 않네요."

파시의 말이 관계자 전원의 마음을 말해주고 있었다.

기재를 차례차례 가져와서 접속하고는 희희낙락하며 데이터를 수집했다.

아탈란테를 단 한 번의 출격으로 부숴버렸지만, 자멸시키지 않고 능숙하게 운전한 엠마에게 감탄하고 있는 것 같았다.

"로드먼 소위의 실력은 진짜였군요."

흥분한 파시 일행을 바라보는 몰리는 한숨을 쉬었다.

몰리가 자신은 끼어들 자리가 없다고 판단하고 물러나니 더그의 모습이 눈에 들어왔다.

"어라? 더그 씨, 일은?"

"──끝났어. 기분 최악이야."

붙잡은 해적들은 간부 이외 전원 사살이 결정됐다. 결국 살육의 현장이 벌어지고 말았다.

번필드가는 우주 해적을 용서하지 않는다── 그 모습을 본 더그의 안색은 안 좋았다.

전투 현장은 클로디아가 이끄는 부대가 전부 정리하고 있어서 메레아의 부대는 모함으로 귀환했다.

몰리도 밖에서 무엇을 하고 있는지 알고 있어서 그 표정은 약간 그늘져 있었다.

그리고 아탈란테를 올려다봤다.

"엠마, 괜찮을까?"

이곳에 없는 엠마를 걱정하는 몰리를 보고 더그는 머리를 숙이면서 고개를 저었다.

"힘들겠지."

◇

샤워를 마치고 군복으로 갈아입은 엠마는 메레아 옆에 댄 전함에 와있었다.

눈 밑에 다크서클이 짙었고 얼굴이 창백했다.

가슴 언저리가 떨떠름해서 기분이 안 좋고 반짝이던 눈동자는 약간 흐려져 있었다.

(속이 안 좋아.)

엠마는 콕핏에서 토하고 말았는데 심하게 흔들려서 속이 안 좋아진 게 아니다. 그것도 이유 중 하나이긴 하지만, 가장 큰 요인은 따로 있었다.

비틀거리며 함내의 통로를 걷는 엠마 옆으로 전함의 승조원이 지나갔다.

"지금 본 소위가 그 소문의? 꽤나 귀엽잖아."

"누가 번개라고 불렀대."

"별명 좋네."

엠마는 웃으면서 지나가는 두 사람의 목소리를 신경 쓸 여유도 없었다.

목적지는 전 교관인 클로디아의 방.

(왜 호출당한 걸까? 역시 기체를 부쉈으니까 질책하겠지?)

시작실험기인 아탈란테는 양산기인 네반보다 더 막대한 예산이 들었다.

그걸 파괴했으니 질책당해도 어쩔 수 없다.

비틀비틀 목적지에 다다른 엠마는 문 옆에 있는 스위치를 눌렀다.

그러자 지문과 망막이 확인됐다.

바로 문 일부가 모니터가 되어 방에 있는 클로디아를 비췄다.

"클로디아 대령님, 엠마 로드먼 소위입니다."

『──들어와라.』

입실을 허가하자 문이 자동으로 열렸다.

엠마가『실례합니다』라고 말하고 안으로 들어가니 방 안은 중력이 달랐다.

트레이닝 중인 클로디아는 방 안의 중력을 늘려두고 있었다.

개인 방에 그만한 트레이닝 설비가 있는 것을 알고 엠마는『대령님은 대단해』라며 솔직한 감상을 품었다.

(대령이 되면 자기 방에 고급 트레이닝 설비가 나오는구나. 나에게는 좀 힘들지도.)

몸 상태가 좋지 않은 엠마에겐 이 방의 환경이 혹독했다.

엠마의 몸 상태를 헤아린 클로디아가 중력을 보통으로 돌려놨다.

스포츠웨어 차림의 클로디아는 긴 머리카락을 포니테일로 묶고 있었다.

위는 탱크톱이고 아래는 레깅스다.

엠마가 올 때까지 상당히 열중하고 있었는지 땀투성이에 숨을 헐떡이고 있었다.

(이제 막 돌아왔는데 벌써 트레이닝?)

사후처리는 부하들이 인계받았는지 클로디아는 돌아오자마자 트레이닝을 하고 있었다.

"대령님, 돌아오자마자 트레이닝인가요?"

"──부하들이 쉬라고 시끄러워서 말이지."

"몸을 쉬는 편이 좋지 않나요?"

"이 정도로 약한 소리를 할 것 같으면 난 기사를 은퇴할 거다."

엠마는 쉬라는 말을 들었는데 트레이닝을 하는 클로디아가 믿기지 않았다.

트레이닝 기기인 벤치에 걸터앉은 클로디아가 엠마를 응시했다.

당황한 엠마는 클로디아에게 용건을 물었다.

"저, 저기."

"──엠마 로드먼 소위. 난 너와 이야기가 하고 싶었다."

"예?"

클로디아는 엠마에게 근처에 앉으라고 말하며 의자에 앉았다.

엠마와 마주 보자 클로디아는 오늘의 전투에 대해서── 그리고 엠마의 첫 출전에 있었던 일을 이야기했다.

"난 귀관을 잘못 평가했다. 이 자리에서 사죄하지. ──미안하다."

왠지 자신을 나무라는 듯한 표정을 지은 클로디아를 보고 엠마는 황급히 부정했다.

"아, 아뇨, 그! 전 아탈란테를 부숴버렸습니다. 역시 글러먹은 기사에요."

엠마는 부정했지만 클로디아는 기체를 파괴한 것을 나무라지 않았다.

"상황을 고려하면 어쩔 수 없다. 겸손할 필요는 없다. 그 기체를 수족처럼 다루고, 그리고── 그 전장에서 최대의 위협인 적을 죽인 귀관은 훌륭한 번필드가의 기사다."

적을 죽였다는 말을 듣고 엠마는 얼굴에서 핏기가 가셨다.

엠마가 콕핏에서 토한 이유는 적을 죽였다는 자각이 있었기 때문이다.

살짝 떠는 엠마를 보고 클로디아는 화제를 바꿨다.

"귀관은 나에게 리암 님과 같은 정의의 기사가 되고 싶었다고 말했지."

"──네."

그때는 격분한 클로디아에게 세게 얻어맞아버렸다.

하지만 지금의 클로디아는 차분했다.

"귀관이 무엇을 목표로 하든 번필드가의 불이익이 되지 않는다면 난 말리지 않는다. 하지만 그분을 순진하게 정의라 부르는 귀관은 진실을 알아야만 한다."

진실을 알라는 말을 듣고 어째서인지 리버의 말이 떠올랐다.

리암도 자기들과 마찬가지로 목숨을 경시하는 존재다──라는 말이.

클로디아는 엠마에게 리암의 이야기를 들려줬다.

"나는 번필드가를 섬기게 된 뒤부터 그분 곁에서 몇 번이나 싸워왔다. 그분은 한 번도 자신을 정의라 칭한 적이 없었다. 오히려 그 반대다."

"네?"

"자신은 악당이다── 그렇게 말씀하셨다."

백성이 명군이라며 연모하는 리암이 스스로 악당이라며 공언한다는 것이 엠마는 믿기지 않았다.

"말도 안 돼요. 그야──!"

"사실이다."

동경하던 존재가 악이었다니, 엠마는 받아들일 수 없었다.

반론하려는 엠마에게 클로디아가 『이야기는 마지막까지 들어라』라며 말을 가로막았다.

"그분은 10세 때 처음 사람을 죽였다. 상대는 부패한 관리였다고 공식 기록에도 남아있다."

"드, 들은 적은 있지만, 그냥 소문인 줄 알고 있었습니다."

리암이 부패 관리를 베어서 죽였다는 소문은 돌았지만, 백성들 사이에서는 분명 부하가 해치웠을 것이라는 이야기가 돌았다.

그 후에 리암은 부패 관리를 일소했다.

그 가열찬 모습에 소문이 멋대로 퍼졌을 것이라 생각했다.

"사실이야. 나이도 얼마 안 되는 어린아이가 부패 관리를 베어버렸다. 귀관은 이를 어떻게 생각하나?"

질문을 받은 엠마는 리암다운 에피소드 중 하나라고 인식했다.

"부패 관리의 존재를 용인할 수 없었던 게 아닐까요."

"단순한 귀관이 부럽군."

살짝 미소 짓는 클로디아를 보고 바보 취급당했다고 생각한 엠마는 충격을 받았다.

클로디아는 이번엔 군사 이야기를 했다.

"난 번필드가가 군비를 확장할 때, 도중부터 편제에 관여했다."

갑자기 이야기를 바꾼 클로디아는 메레아에 타고 있는 군인들에 대한 솔직한 감상을 말했다.

"난 메레아에 있는 구식 군대에 소속된 녀석들을 모두 제대시켜야 한다고 진언했다. 번필드가에는 불필요하다고 생각했으니까."

엠마는 고개를 숙였다.

그러자 클로디아는 구식 군대가 남은 이유를 가르쳐줬다.

"제대시키는 방향으로 이야기가 진행되는 가운데, 일부 제대로 된 구식 군대 녀석들에게 온정을 보인 분이 리암 님이다."

"네?"

"귀관이 배속된 부대는 온정을 받은 부대라는 말이다. ——그분은 마음이 너무 착해."

얼마 안 되는 시간 동안 메레아를 탄 사람의 입장에서 보면 동정심 때문에 클로디아의 판단이 너무 매정하게 느껴졌다.

"그 사람들의 마음이 꺾인 데는 이유가 있습니다."

"알고 있다. 지금까지 중핵을 담당했던 그들이 주도권을 빼앗기고 변경으로 쫓겨났다. 유감스럽게 생각해도 어쩔 수 없지."

"알고 계셨습니까?"

"당연하다. 리암 님과 크리스티아나 님은 그걸 고려해서 군에 남는다면 비교적 안전한 변경의 치안 유지 부대를 편제하셨다. 그 녀석들에게는 좌천지겠지만, 상층부에서 보면 구식 군에 대한 온정 중 하나다."

번필드가는 리암의 대로 바뀌자 그때부터 수십 년 만에 중핵을 담당하는 군인들이 전부 교체되었다.

그걸 좋게 생각하지 않는 군인들이 있다는 것도 이해하고 있었다.

다만 클로디아는 그게 용납이 안 됐었던 모양이다.

지금도 제대시켰어야 했다고 생각하고 있는 듯했다.

"그것조차 이해하지 못하는 그 녀석들이, 난 용납이 안 됐다."

"어째서인가요? 그 사람들도 열심히——."

"어린아이가 수라의 길을 걷는 와중에 자기들은 쫓겨났다면서 삐지는 무능한 놈들이 말인가?"

클로디아는 리암의 어린 시절 이야기를 듣고 눈물을 흘린 이야기를 했다.

"그분은 귀관이 보기에 정의겠지만, 단 한 번도 자신을 정의라 칭하지 않으셨다. 알고 있나? 그분은 5세 무렵에 부모에게 작위와 영지를 떠맡고 하이드라에 버려졌단 말이다."

리암이 5세 무렵에 작위와 영지를 물려받은 것은 엠마도 알고 있는 사실이다.

하지만 너무 당연해서 깊이 생각한 적이 없었다.

리암은 어릴 때부터 명군 취급을 받았다.

유능하니 물려받았을 것이다—— 그렇게 생각하는 자는 적지 않다.

"당시 하이드라의 상황은 끔찍했다. 군인은 쓸모가 없고 관리들은 뇌물이나 횡령을 당연하게 생각하고 있었다. 그런 가운데 의지할 수 있는 건 곁에 있는 자들 뿐. ——얼마나 고생하셨을지, 귀관은 상상할 수 있겠나?"

새로 리암의 상황을 알게 되니 엠마는 아무 대답도 할 수 없었다.

자신이라면 그 상황에서 지금의 결과를 만들 수 있었을까?

클로디아는 메레아의 부대가 싫은 이유를 이야기했다.

"개혁을 진행하는 가운데, 리암 님을 죽이려는 바보들은 여럿 있었다. 사설군 중에는 쿠데타를 계획했던 놈들도 있었지."

"네?!"

엠마는 알려지지 않은 사실에 경악해서 눈을 크게 떴다.

클로디아는 당시의 이야기를 했다.

"백성이 행복해지는 것보다 개인의 이익을 우선한 바보들이다. 그에 비하면 메레아 놈들은 나은 편이지만, 우리가 보기엔 그저 삐진 애들이지. ——생각해본 적 있나? 겨우 10살 된 아이가 그 손으로 사람을 죽인 그 의미를?"

클로디아는 시선으로 처음으로 사람을 죽인 엠마에게 물었다.

살인을 경험한 엠마는 처음으로 진정한 의미로 이해할 수 있게 되었다.

"——."

그저 말이 나오지 않았다.

엠마는 자신이 동경하던 존재를 제대로 보지 못했다는 것을 실감하게 되었다.

"그분이 자신을 악이라 공언하는 건 영지를 번영시키고 백성을 지키기 위해서라면 악당이 될 각오를 하고 있기 때문이다. 10살 아이가 그런 결단을 하게 만들어 놓고── 놈들은 버려졌다고 지껄이지. 웃기지? 리암 님의 온정 덕에 군인으로서 살아가고 있는데 본인들은 버려졌다고 믿고 있으니 말이야."

엠마가 대답하지 못하고 있으니 클로디아는 흥분한 감정을 억누르기 위해 양손으로 얼굴을 가렸다.

손가락 사이로 당장이라도 눈물을 흘릴 것 같은 젖은 눈동자가 보였다.

"나도 그분이 틀렸다고 생각하지 않는다. 하지만 자신을 정의라 칭하신 적은 단 한 번도 없다. ──그분을 목표로 삼는다면, 적어도 그분의 각오 정도는 알아둬라."

엠마가 고개를 숙이고 가냘픈 목소리로 『네』라고 중얼거리자 클로디아가 일어섰다.

그리고 어깨에 손을 올렸다.

"귀관이 없었다면 우린 죽었을 거다. 마음에 두고 속 썩이지 말라고는 안 하겠지만── 구한 목숨도 있다는 걸 기억해둬라."

"──네."

클로디아는 눈물을 흘리는 엠마를 책망하지 않았다.

엠마에게 부드럽게 말을 걸었다.

"본성으로 귀환하라는 명령이 내려왔다. 우리도 귀관들도 하이드라에 한 번 돌아가게 된다. ──그때 귀관의 평가를 고치도록 하지. 귀관의 재능을 알아보지 못한 내 잘못이다. 희망하는 근무지가 있으면 나에게 말해라. 이상이다."

"감사합니다."

"됐다. ──미안했다, 로드먼 소위."

미소를 띠고 사죄하는 클로디아의 얼굴을 보고 엠마는 약간 놀랐다.

"교관…… 대령님도 웃는군요."

"날 뭐라고 생각하는 거냐? 웃기도 하고 울기도 한다. ──부하들 앞에선 절대로 보여주지 않을 뿐이다."

부하들 앞에서만 표정 변화가 없는 것이라는 말을 듣고 엠마는 깨달았다.

클로디아는 엠마를 부하로 보고 있지 않다는 것을.

나쁜 의미가 아니라 클로디아 안에서 엠마는 무능한 기사후보생이 아니게 되었고, 한 사람의 기사로 인정받은 듯했다.

엠마 안에서 겨우 일단락이 지어졌다.

(뭔가, 겨우 무사히 졸업했다는 느낌이 들어.)

이야기가 끝나 엠마는 물러나려고 했는데── 방구석에 있는 침대 옆에 놓인 인형을 발견했다.

"어라?"

숨기는 걸 잊어버린 인형을 들킨 클로디아는 귀까지 빨개져서 무표정으로 엠마에게 바싹 다가왔다.

"――귀관은 아무것도 못 봤다. 알겠나?"

"네? 아니, 저기……."

"아무것도 못 봤다. 그렇지?"

침대에 인형을 가져온다는 건 평소의 클로디아의 모습을 생각하면 상상할 수가 없는 일이다.

하지만 엠마는 그 인형을 본 적이 있었다.

"그, 저 인형은, '리암 군 인형'이죠?"

리암 군 인형이란 번필드 백작인 리암을 데포르메 하여 만든 인형이다.

정식 명칭이 리암 군 인형이라 리암 군이라 불러도 불경을 저지르는 것이 아니다.

클로디아가 시선을 피하면서 긍정했다.

"――그, 그렇다."

"저도 가지고 있어요!"

자기도 가지고 있다고 말하며 단말기로 사진을 보여주려고 하자 클로디아가 팔짱을 꼈다.

엠마가 가지고 있을 리가 없다고 단정하는 태도였다.

"바보 같은 소리 하지 마라. 이건 저택에 있는 비밀 매점에서만 파는 희귀품으로, 일반 대중에겐 유통되지 않는다. 리암 님은 자신을 모방한 상품에는 아주 엄격하셔서 쉽게 허가를 내주시지 않는다. 이 인형도 저택 안에서만 판매하는 걸 허가받은 흔치 않은――."

"아, 이거예요!"

엠마가 사진을 보여주자 클로디아는 뚫어지게 사진을 봤다.

그녀는 눈을 부릅뜨더니 몸을 떨었다.

"이걸 어디서 손에 넣었지?!"

클로디아가 놀란 이유는 자기가 가진 것과 똑같은 리암 군 인형—— 리암을 데포르메한 시건방져 보이는 눈매가 안 좋은 인형이 찍혀있었기 때문이다.

게다가 금색 사인까지 되어있었다.

클로디아의 이변을 신경 쓰지 않고 엠마는 입수 경위를 이야기했다.

"아는 할아버지한테 받았어요. 사인은 누구의 것인지 모르겠는데, 낙서일까요? 이거 안 지워져서 곤란해요."

갈겨쓴 듯한 사인이 누구의 것인지 엠마는 몰랐다.

머리를 긁적이며 웃는 엠마를 보고 클로디아가 양어깨를 강한 힘으로 움켜쥐었다.

"아야. 아파요, 대령님?!"

"엠마 로드먼 소위. 귀관은 운이 좋다. 내가 조언을 해주지. 그 사인은 절대 지우지 마라. 후회할 거다."

"네? 아, 네."

"——이상이다."

엠마는 고개를 떨구는 클로디아를 신기하다는 듯이 봤다.

이렇게 엠마와 클로디아의 대화가 끝났다.

메레아의 격납고에는 부서진 아탈란테가 암에 매달려 있었다.

팔다리가 분리되어 머리와 몸통만 남아있었다.

그런 아탈란테를 올려다보는 사람은 클로디아의 모험에서 돌아온 엠마였다.

너덜너덜해진 아탈란테를 보고 눈물을 글썽였다.

"부숴서 미안해. 하지만 정말 고마워. 네 덕분에 난 아직 싸울 수 있다는 걸 깨달았어."

기동기사 조종이 서투른 기사인 줄 알았던 자신이 아탈란테 덕분에 훌륭하게 싸울 수 있었다.

다만 특수기를 타고 한 활약은 크게 평가받지 못할지도 모른다.

특별한 기체를 타지 않으면 활약하지 못한다는 건 큰 디메리트다.

그래도 엠마는 자신이 기사로서 존재해도 된다고 가르쳐준 아탈란테에게 고마움을 표하고 싶었다.

하지만 쓴웃음을 지은 엠마는 고개를 숙이고 마음이 약해졌다.

"네가 없어도 싸울 수 있으면 좋을 텐데. ——너덜너덜하게 만들었으니 어렵겠지."

시작실험기를 한 번의 실전 투입으로 대파시켜버렸다.

수리된다고 하더라도 다음 출격 때 부수지 않을 것이라 단언할 수도 없다.

번필드가도 제3병기공장도 한 번의 출격으로 부서지는 시작실험기에 더 이상의 투자는 하지 않을 것이다.

그 정도는 엠마도 이해하고 있었다.

엠마 한 사람을 위해 굳이 고가의 기체를 유지하는 건 낭비다.

이번 전투로 활약은 했지만, 양산기 네반으로 부대를 편제하는 편이 더 낫다.

실제로 시작실험기 아탈란테 한 기를 제조하는 비용은 양산기인 네반으로 중대를 만드는 비용과 같았다.

관리나 유지 비용을 생각하면 아탈란테가 더 크게 부담될 것이다.

엠마는 아탈라네 앞에서 중얼거렸다.

"계속 널 탈 수 있으면 좋을 텐데. 그러면 나도 조금은 도움이 될 텐데."

폐급이라 불린 자신도 활약할 수 있는데.

소용없다는 걸 이해하고 있어도, 엠마는 아무리 생각하지 않으려 해도 생각하고 말았다.

혼자 낙담하고 있으니 따각따각 하는 발소리가 들렸다.

얼굴을 들어 발소리가 난 방향을 보니, 거기엔 미소 짓고 있는 파시의 모습이 있었다.

"꽤나 마음에 든 모양이네. 기뻐."

아무래도 혼잣말이 들린 모양이다.

얼굴을 빨갛게 물들인 엠마가 기술 소령이라는 계급을 가진 파시에게 경례했다.

정확히 말하자면 파시는 알그란드 제국의 군에서 소령이라는 계급을 가지고 있었다.

엠마가 소속된 곳은 번필드가의 사설군이라 엄밀하게 말하자면 둘 사이에 상하관계는 존재하지 않는다.

하지만 제국군 소속의 기술 소령과 사설군의 신참 소위다.

제국군에 소속된 군인이 더 지위가 높다고 보는 풍조도 있어서 엠마가 긴장했다.

"꼴사나운 모습을 보여 죄송합니다."

"개발 책임자로서는 고마운 반응이네."

파시가 엠마 옆에 서더니 아탈란테를 올려다보며 팔짱을 꼈다.

"신형 동력로를 견딜 수 있는 기체로 완성하는 게 앞으로의 과제이려나."

파시의 반응을 보니, 아무래도 아탈란테 개발 자체는 계속되는 듯했다.

다만 앞으로 엠마가 관여하는 것은 어려웠다.

정식으로 파일럿으로 임명되지 않아서 다음에도 탈 수 있다는 보장이 없다.

"이 아이는 제3병기공장으로 돌아가나요?"

아탈란테에게 애착이 가서 이 아이라 불렀지만, 파시가 신경 쓰는 기색은 없었다.

"그러지 않으면 정비할 수 없으니까. 그리고 이번 전투로 새로운 과제도 보이기 시작했어. 돌아가면 또 개수해야겠어."

개발이 계속된다는 걸 안 엠마는 기쁜 듯이 아탈란테를 올려다 봤다.

"안심했어. 이대로 끝나는 건 좀―― 아니, 상당히 안타까우니까."

처음으로 자신이 생각하는 대로 움직인 기체다.

엠마에게는 이대로 개발이 순조롭게 진행돼서 후계기의 양산형이라도 나오면 자신에게 탈 기회가 돌아올지도? 라는 어렴풋한 기대가 있었다.

하지만 이야기는 생각지도 못한 방향으로 흘러갔다.

파시가 엠마에게 오른손을 내밀었다.

악수를 요구하는 것 같아서 엠마가 손을 쥐자 파시는 강하게 마주 잡았다.

"고마워, 로드먼 소위. 당신 덕분에 개발 계획 지속이 결정됐어."

"그거 다행이네요."

"――그러니 다음에도 이 아이를 타보지 않을래?"

"네?"

다음에도 타주길 바란다는 말을 들은 엠마는 놀라서 말문이 막혔다.

파시가 엠마의 오른손을 양손으로 강하게 쥐었다.

놓치지 않을 거라는 강한 의지가 나타난 행동이었다.

"본부를 경유해서 번필드가에 타진할 생각이야. 이 아이――

아탈란테의 파일럿은 당신밖에 없어. 그러니 부디 이 아이의 테스트에 함께해줘."

원래라면 자멸하는 결함기의 테스트 파일럿 같은 건 거절하는 게 보통일 것이다.

좋다고 탈만한 기체는 아니다.

하지만 엠마는 눈동자를 반짝였다.

"네! 저, 저라도 괜찮다면! 아, 하지만 명령이 없으면 어려운데."

대답한 뒤에 자신은 기사—— 군인이며 상부의 허가가 없으면 탈 수 없다는 걸 깨닫고 마음이 약해졌다.

그러자 파시가 엠마의 오른손을 격하게 위아래로 흔들었다.

"타겠다고 말했지? 말한 거지? 그럼 반드시 허가를 받을 테니까 절대로 도망치지 마."

아주 기뻐하는 파시의 모습을 보고 엠마는 왠지 모르게 알아차리고 말았다.

(혹시, 지금까지 파일럿이 몇 번이나 도망친 건가?)

◇

우주로 올라간 메레아와 그 호위함은 클로디아가 이끄는 함대와 합류했다.

구식함의 집단인 변경 치안 유지 부대의 주위에는 최신예 함정이 늘어서 있었다.

클로디아가 이끄는 우수하고 강한 함대에는 새로 건조한 전함이 아낌없이 배치되어 있었다.

그런 가운데, 대파된 아탈란테를 거둬들인 제3병기공장의 수송선이 함대를 떠나갔다.

제3병기공장 본부로 돌아가는 길일 것이다.

그 모습을 엠마와 함께 있는 제3소대 대원들이 메레아의 전망실에서 바라보고 있었다.

비꼬기 좋아하는 래리가 정예 함대를 보면서 말했다.

"최신예 함정으로 꾸린 함대라니, 번필드가는 참 사치스럽네. 돈을 얼마나 벌어들이고 있는 건지."

성간 국가의 규모쯤 되면 국가 예산은 천문학적인 수준이 된다.

제국의 일개 귀족인 번필드가에는 엠마 일행이 상상도 할 수 없는 예산이 있을 것이다.

그 배분에 대해서 소파에 앉은 더그가 불평했다.

"여기에도 좀 나눠줬으면 좋겠는데. 그러면 PX의 상품 종류도 늘어서 조금은 생활이 윤택해진다 이 말이야."

PX는 함내에 있는 매점이다—— 취급하고 있는 물품이 많고 술이나 음식은 물론이고 옷이나 일용품까지 전부 갖춰져 있다.

전부 갖춰져 있긴 하지만, 좌천지인 메레아의 PX는 통상적인 부대보다 상품의 종류가 빈약했다.

몰리가 큰 한숨을 쉬고는 말했다.

"더그 씨는 어차피 술만 마실 수 있으면 그만이지?"

"술도 안주도 몇십 년이나 종류가 안 바뀐다고. 질렸다기보다는 이젠 보는 것도 싫어."

몇십 년 동안 바뀌지 않는 술과 안주에 질리는 걸 넘어서 보는 것도 싫은 지경이 된 모양이다.

래리가 지당한 해결책을 제시했다.

"귀항했을 때 잔뜩 사두면 되잖아요."

"사도 금방 없어진다고. 이상하단 말이지."

이상하다고 말하며 웃는 더그를 보고 래리와 몰리는 기가 막힌다는 표정을 지었다.

"조금은 참아요."

"뭔가 건전한 취미라도 찾는 게 좋을 거야."

더그는 두 사람이 나무라자 손을 팔랑팔랑 저었다.

"설교는 질렸어. 그리고 술이라는 건 인생의 전우라고. 인생이라는 거센 파도를 함께 극복하는 파트너야. 너희도 조금은 즐겁게 마실 수 있게 되는 게 어때?"

더그의 생각이 이해되지 않는 젊은 두 사람은 서로 얼굴을 마주 보고 고개를 저었다.

나름대로 친분이 있는 세 사람의 대화를 들으면서 엠마는 조금 부럽다고 느꼈다.

(난 대화에 낄 수 있을 것 같지 않네.)

사이좋은 세 사람 사이에 낄 수 없는 엠마는 아탈란테를 태우고 떠나가는 수송함을 전망대에서 봤다.

마음속으로 아탈란테에게 말을 걸었다.

(또 보자, 아탈란테.)

◇

클로디아가 이끄는 함대가 하이드라 행성에 귀환했다.

부대는 이미 해산했고, 재편 전에 보급과 정비—— 그리고 인원에게는 휴가가 주어지게 되었다.

다만 책임자인 클로디아에게는 중요한 일이 남아있었다.

크리스티아나의 집무실에 온 클로디아는 일의 전말을 보고하면서 어느 전자 서류를 제출했다.

거기에 적힌 내용을 보고 크리스티아나가 작은 한숨을 쉬고 미소 지었다.

"엘리트들도 포함해서 신입은 몇 년 동안 C랭크에서 지켜본 다음 기사 랭크 승격을 결정하는 건 알고 있지?"

클로디아가 제출한 서류 내용은 엠마의 기사 랭크를 승격시키는 것이었다.

추천자에는 클로디아 자신의 이름이 적혀있었다.

크리스티아나에게 『엠마의 기사 랭크를 승격시키고 싶다』.

그리고 『엠마의 근무지를 변경하고 싶다』는 두 개의 제안을 했다.

그뿐이라면 문제없지만, 클로디아가 추천한 기사 랭크는 『B』랭크다.

일반 기사보다 한 단계 위인 랭크이며 베테랑이나 중견 정도의 수준이 많은 랭크다.

다만 번필드가의 규정으로는 엘리트들이라도 몇 년 동안은 C랭크로 고정하는 것이 전제되어 있다.

지금까지 예외는 없었다.

그도 그럴 것이, 기사의 진가를 알아보기 위해서는 어느 정도 전장을 경험해야만 하기 때문이다.

전장에서 살아남아야 비로소 B랭크 승격 판정이 내려진다.

두 번의 실전을 경험한 엠마라면 조건을 충분히 만족하고는 있었다.

하지만 엠마처럼 단기간에 승격하는 것은 전례가 없었다.

"알고 있습니다만, 로드먼 소위의 실력을 평가하면 타당한 랭크라고 판단했습니다."

크리스티아나는 대답하는 클로디아를 보고 약간 기쁜 듯했다.

크리스티아나는 엠마가 기사 랭크 승격을 심사하기에 걸맞은 실적을 남겼다며 납득했다.

"단기간에 실전을 두 번이나 경험하고 그중 한 번은 큰 공을 세웠어. 확실히 B랭크에 걸맞은 것 같아. 하지만 괜찮겠어? ——앞으로 로드먼 소위에게는 그에 맞는 임무가 주어질 거야."

기사 랭크는 그냥 장식이 아니다.

기사의 실력을 평가한 것이며 랭크가 높아지면 군에서 그에 적합한 임무를 받게 된다.

　승격시킨 뒤에는 역시 실력이 부족했다는 변명은 통하지 않는다.

　실력에 맞지 않는 랭크를 부여하면 금방 목숨을 잃고 만다.

　한 번 승격해버리면 되돌아갈 수 없다.

　실력이 부족한 게 문제가 되면 추천한 클로디아의 평가도 크게 떨어질 것이다.

　크리스티아나는 엠마가 C랭크로서 좀 더 경험을 쌓도록 하고 싶었을 것이다.

　하지만 클로디아는 생각했다.

　(나도 그게 적당하다고 생각한다. 하지만 그 아이가 동경하는 그분과 가까워지려고 한다면, 지금 이대로 가면 힘들겠지.)

　클로디아는 엠마가 누구의 등을 쫓고 있는지를 알고 있다.

　그렇기에 굳이 험난한 환경에 내던지려고 했다.

　(만약 정말로 그분과 비슷해지려 한다면 이 정도는 극복해 보여라.)

　질투해서 어려운 길을 준비한 게 아니다.

　정말로 그분을 따르고 싶다면 지금의 환경에서는 불가능하다고 생각해서 한 행동이다.

　클로디아로서는 엠마를 밀어준 것이나 마찬가지다.

　"그 정도는 극복할 수 있다고 믿고 있습니다."

　클로디아가 단언하자 크리스티아나가 미소 지었다.

성가신 수속을 가져온 부하가 성장의 조짐을 보인 것이 기뻤을 것이다.

"클로디아가 그렇게까지 말할 줄은 몰랐어. 넌 한 번 무능하다고 단정하면 평가를 고치지 않는 나쁜 버릇이 있었는데 변했구나."

단 한 번이라도 무능하다고 판단하면 클로디아가 상대를 재평가하는 일은 없다.

더 골치 아픈 건 클로디아 본인이 우수하다는 것이다.

때문에 클로디아 입장에서 보면 대부분이 무능한 자가 돼버린다.

유능하긴 하지만 문제를 가지고 있던 부하—— 그런 클로디아가 엠마와 얽히면서 성장해준 것이 크리스티아나는 기뻤다.

클로디아가 약간 부끄러워하면서 반성했다.

"——제 평가가 잘못되어 있었을 뿐입니다."

무뚝뚝하게 대답하는 부하를 보니 크리스티아나는 장난기가 싹텄다.

에리아스에서 일어난 사건에 대한 자세한 내용은 보고되었고, 클로디아의 보고서에 대한 문제를 지적했다.

"로드먼 소위의 재능을 알아차린 건 그분뿐. 그렇게 자책하지 않아도 괜찮아. 그보다 메레아—— 그리고 그 호위함들의 탈주는 불문에 부친 것 같네. 클로디아라면 이걸 이유로 들어서 모두 제대시킬 줄 알았는데."

책임자인 팀 대령을 총살하고 나머지는 묻지도 따지지도 않고 제대 처분.

이전부터 클로디아가 바라던 것이다.

하지만 이번엔 책임을 묻지 않았다.

"전력으로 치지 않은 건 접니다. 책임이 있다고 한다면, 저에게 있습니다."

자신이 처벌받는 것을 각오하고 메레아── 변경 치안 유지 부대를 감싸줬다.

"그렇네. 좀 더 효과적으로 운용했다면 결과도 바뀌었겠지."

큭큭거리며 웃는 상관 크리스티아나 앞에서 클로디아가 자신의 책임에 관해 물었다.

보통은 질책만으로는 끝나지 않는 문제다.

"그뿐입니까?"

"벌을 원한다면, 안타깝지만 포기해. 널 놀게 둘 여유는 없다고 말했을 거야. 앞으로도 계속 일하도록 해."

군의 규율을 생각하면 납득할 수 없는 결과에 올곧은 클로디아가 난색을 보였다.

하지만 크리스티아나는 물러서지 않았다.

그리고 클로디아가 추천한 엠마의 취급을 정했다.

"엠마 로드먼의 승격을 인정합니다. 단, 근무지는 변경할 수 없어."

메레아에서 이적할 수 없다는 말을 듣고 클로디아는 불만스럽게 생각했다.

좌천지라는 말을 듣는 변경 치안 유지 부대에 언제까지고 엠마를 두고 싶지 않다는 클로디아의 생각은 거부당하고 말았다.

"어째서입니까? 거기에 남겨두면 소위의 재능을 헛되이 하는 겁니다."

클로디아는 어떻게든 근무지를 변경하고 싶었지만 크리스티아나는 작게 한숨을 쉬고 설명했다.

"특수기와 세트가 되지 않으면 운용할 수 없는 기사는 아무 데나 배치할 수 없어. 그리고 제3병기공장이 지명했어. 개발팀에 소위의 부대를 넣고 싶다는 열렬한 요청이 있었어."

제3병기공장은 아탈란테를 조종해 보인 엠마에게 특별팀을 편성해서 보내겠다는 타진이 있었다고 말했다.

엠마를 지명하고 꽤나 억지를 부려서 제3병기공장이 얼마나 진심인지 엿볼 수 있었다.

클로디아도 엠마의 특수한 재능을 생각하고 어쩔 수 없다며 받아들였다.

"한동안은 신형기의 테스트 파일럿입니까."

"메레아 자체를 시험 부대로 운용할 거야. 하지만 조금 귀찮은 일도 있단 말이지."

크리스티아나가 작게 한숨을 쉬자 클로디아 앞에 메레아를 모함으로 삼은 실험 부대의 편제 내용이 표시되었다.

메레아와 그 호위함 몇 척.

전부 구식이라 시험 부대로 취급하기에는 못마땅한 함대다.

클로디아가 얼굴을 찌푸렸다.

그 이유는 기술 시험을 위해 메레아를 개수하는 계획이 나와 있었기 때문이었다.

그 개수를 의뢰하는 곳이 문제였다.

"메레아는 제7병기공장제였습니까."

크리스티아나가 고개를 작게 끄덕이고 약간 불만스러운 표정을 지었다.

"──그분을 통해서 제3병기공장의 기술을 얻을 생각이겠지. 그래서 메레아를 개수하겠다고 제의해왔어."

기술 시험 목적이라면 경항모를 개수할 필요가 있다고 생각했을 것이다.

"괜찮습니까? 그분을 이용하는 짓은 용서가 안 됩니다."

클로디아가 불쾌감을 나타냈지만 크리스티아나가 고개를 저었다.

"그『리암 님』이 허락하셨어."

"그, 그건── 아뇨, 주제넘은 말을 했습니다."

허가한 사람이 리암이라는 말을 듣고 클로디아는 입을 다물었다.

번필드가의 절대 군주의 결정이면 클로디아는 거역할 수 없다.

크리스티아나는 엠마의 승진도 그 자리에서 결정했다.

"엠마 로드먼 소위는 오늘부로 중위로 승진. 첫 출전은 어찌 됐든 이번 작전에서의 공적은 커. ──그분이 기대하시는 기사이기도 하니까."

　클로디아가 조금 놀라면서도 크리스티아나에게 감사를 표했다.

　"승진까지! 감사합니다."

　이 시점에 엠마는 중위로 승진하고 기사 랭크는 B가 되었다.

　폐급이라 불린 신참 기사가 이례적인 출세를 이룬 순간이었다.

　"됐어. 앞으로는 중위에게도 일을 시키게 될 거야. 보수를 미리 주는 것과 같은 거지."

　에리아스에서의 사건을 거쳐 엠마는 동기 엘리트들 이상으로 출세했다.

　하지만 크리스티아나는 엠마의 장래를 예상하고 걱정했다.

　"오히려 힘든 건 지금부터야."

◇

　하이드라에 있는 자연공원.

　전망이 좋은 곳에 온 엠마는 벤치에 앉아 하이드라의 경치를 바라보고 있었다.

　에리아스로 가기 전과 똑같은 경치다.

　얼마 전에 자신의 승진과 승격에 대한 알림을 받았지만, 엠마 본인은 정의에 대해 생각했다.

　기사로서 폐급을 탈출한 건 솔직히 기쁘지만, 그보다 이번 작전에서는 생각할 거리가 많았다.

"나의 정의란 뭘까."

자신을 악이라 단언하는 리암의 이야기를 듣고 엠마는 자신이 목표로 하는 정의에 대해 깊이 생각하게 되었다.

뒤쫓던 사람이 자신을 악당이라 칭하고 있었다.

그게 엠마를 고민하게 했다.

약한 사람들을 지키기 위해 기사가 되기로 했다.

그 마음은 변하지 않았다.

하지만 그 정의를 구현한 리암 본인은 자신을 악이라 말하고 있다.

동경하던 사람은 아무래도 정의의 기사가 아닌 것 같다. 리암을 뒤따르는 건 옳은 일일까?

하지만 그 악인이 자기보다 올바른 것처럼 보였다.

평화로운 하이드라의 경치를 바라보며 엠마는 무엇이 옳은지를 고민했다.

그런 엠마 옆에 어느샌가 모습을 드러낸 노인이 조용히 앉았다.

갑자기 나타난 노인에게 놀란 엠마는 움찔 반응하며 큰 소리를 냈다.

"할아버지?! 왔으면 말 좀 걸어. 깜짝 놀랐어."

"이거 실례했습니다. 하지만 기사가 훈련받지 않은 사람이 접근했는데 알아차리지 못하는 건 문제라구요."

"그건 그렇지만~."

(이거, 내가 잘못한 건가? 그보다 진짜 할아버지는 뭐 하는 사

람일까?)

오래 알고 지냈지만, 엠마는 노인에 대해 아무것도 몰랐다.

부드러운 웃음을 보이는 노인이 재회한 것을 기뻐했다.

"무사히 돌아온 것 같아 다행입니다."

"──응."

엠마는 돌아온 것은 솔직히 기뻤지만, 고민이 있어서 표정이 좋지 않았다.

그런 엠마의 기분을 알아차린 노인이 물었다.

"아무래도 고민이 있는 것 같군요. 이 늙은이── 브라이언이라도 괜찮다면 이야기 정도는 들어드리죠."

고민을 들어주겠다는 브라이언에게 엠마는 하늘을 보면서 속마음을 토로했다.

"동경하는 사람을 목표로 삼고 달려왔는데, 그 사람은 정의의 기사가 아니었던 것 같아."

"아아, 그건……."

노인은 입가에 주먹을 대고 어떤 생각에 잠겼지만, 엠마는 이야기를 계속했다.

"계속 정의의 기사인 줄 알고 있었는데 본인은 자기가 악당이래. 난 아무것도 몰랐고, 아무것도 안 보였어."

엠마는 눈 앞에 펼쳐진 평화로운 풍경을 만들어낸 것이 악당이라는 게 믿기지 않았다.

하지만 자신을 악당이라 칭했다.

"할아버지 알고 있어? 영주님은 10살 때 나쁜 관리를 베어서 죽였대. 내가 10살일 때는 놀러 다니기만 했는데 말이야. ——뭐든 나랑은 너무 달라."

자신이 놀러 다니던 나이대에 리암은 영지를 더 좋게 만들려고 부패 관리를 베어서 죽이고 영지의 건전화를 꾀하고 있었다.

각오도 행동력도 자기와는 너무 달랐다.

그런 식으로 생각하고 있는 엠마는 노인에게 투덜거렸다.

"내가 목표로 삼는 건 주제넘은 일일까?"

무엇이 옳은지 엠마는 알 수 없었다.

무엇보다도 이 경치를 만들기 위해 악당이 된 리암의 각오다.

백성을 위해 수라의 길을 걸은 자와 자신을 비교하는 것도 잘못됐다는 생각이 들기 시작했다.

자신이 태평하게 정의를 지향했다는 것이 부끄러워졌다.

"난 틀렸던 걸까?"

노인이 그런 엠마의 고민에 대답했다.

"——그분은 상냥하신 분입니다. 그렇기에 자신의 행동을 가장 잘 이해하고 계시겠죠."

"할아버지?"

노인이 머리를 약간 숙이고 상냥함에 관해 이야기했다.

"이 행성을 지키기 위해 강해져야만 했습니다. 누구보다도 강하게. 그리고 그 손을 피로 물들일 수밖에 없었죠."

"할아버지, 왜 그래? 꼭——."

──가까이에서 영주의 모습을 봐온 듯한 말투다.

"만약 당신이 그분을 악당이라 생각하신다면, 그건 틀린 게 아닙니다."

"그, 그렇겠지."

자신을 악당이라 칭하고 있으니 악당인 것이 틀림없다.

하지만 노인은 계속해서 말했다.

"하지만 이 브라이언은 그분을 악당이라 생각하지 않습니다."

"하지만……."

"당신은 좀 더 자신의 마음과 마주 봐야 합니다. 자신의 마음에 물어보는 겁니다. 당신에게 그분은 악당입니까? 아니면 정의의 기사입니까?"

노인의 말을 들은 엠마는 자신의 가슴에 손을 대고 마음에 질문했다.

(나에게 있어서 그 사람은──.)

그리고 자신의 마음의 소리에 귀를 기울였다.

──그 사람은 악당인가?

자신에게 물어보니, 마음속 깊은 곳에서 아니라고 외치는 소녀의 목소리가 들린 것 같았다.

그것은 어린 시절의 엠마 자신.

그날, 어비드를 보고 기사가 되기로 정한 소녀가 큰 소리로 아니라고 외치고 있는 것 같았다.

눈앞의 경치를 보라면서.

사람들의 웃는 얼굴을 보라면서.

누가 뭐라고 하든. 본인이 악이라고 하든—— 난 믿고 있다면서.

어린 시절의 엠마는 올곧은 눈동자로 자신에게 그렇게 말을 걸어왔다.

옛날의 자신에게 혼난 듯한 기분이 들어 엠마는 눈물을 흘리며 미소 지었다.

눈물을 닦으면서.

"——역시, 악당보다 정의의 기사가 더 어울린다고 생각해."

(그 사람은, 옛날에도 지금도 나의 목표이자—— 정의의 기사야!)

그런 엠마의 모습을 보고 노인은 손가락으로 눈초리를 문질렀다.

엠마의 대답이 기뻤을 것이다.

"그렇게 생각해주신다면 그분도 부담을 덜겠죠. ——분명 솔직하게 기뻐하시지는 않으시겠지만, 그분은 부끄럼을 잘 타니까요."

노인은 그렇게 말하고 천천히 일어나면서 엠마에게 말했다.

"앞으로가 힘들 겁니다. 특수기를 받는다는 것은 그만한 활약을 기대한다는 것과 같으니까요."

"응."

엠마는 노인의 말을 듣고 새로운 결의를 했다.

(침울해하고 있을 시간은 없어. 난 이 길을 계속 걷겠다고 정했으니까.)

그 사람의 뒤를 쫓으면 대체 무엇이 보일까?

엠마는 아직 상상이 안 됐다.

노인이 떠나면서 말을 전했다.

"이 브라이언은 젊은 기사의 미래에 기대하고 있습니다."

하지만 엠마는 이때서야 겨우 깨달았다.

자기가 노인에게 아탈란테의 이야기를 했던가? 하고.

"어라? 어떻게 할아버지가 아탈란테 얘기를 알고 있는 거야? 어? 호, 혹시—— 아탈란테를 보낸 사람이 할아버지였어?!"

엠마가 외치는 소리를 들은 노인이 뒤돌아보고는 쓴웃음을 지으면서 고개를 저었다.

"이 브라이언이 아닙니다. 보내신 분은—— 아니, 이건 말하지 않는 편이 좋을 것 같군요."

엠마는 대답하지 않고 떠나려고 하는 노인을 황급히 뒤따라가 매달렸다.

"기다려. 가르쳐줘, 할아버지."

"아, 안 됩니다. 조만간 알게 될 테니까요."

"왜?! 제대로 감사 인사를 하고 싶은데!"

노인이 단말기로 시계를 확인하더니 부자연스러운 티가 나게 용건을 떠올리고 도망쳤다.

"어이쿠, 벌써 시간이 이렇게 됐습니까. 이 브라이언도 바쁘니 오늘은 이만 실례하겠습니다."

엠마를 뿌리친 노인이 떠나갔다.

그런 노인의 뒷모습을 본 엠마가 볼을 부풀렸다.

"가르쳐줘도 되잖아!"

브라이언의 정체를 모르는 엠마는 아탈란테를 누가 보낸 것인지 상상도 할 수 없었다.

하이드라 행성에 귀환한 변경 치안 유지 부대 사람들을 기다리고 있던 것은 저택에서의 서훈식이었다.

에리아스에서 일어난 사건의 해결에 공헌하여 사령관인 팀 대령과 제3소대 사람들이 대표로 훈장을 받게 되었다.

다만 호들갑스럽게 서훈식이라고 부르고 있긴 하지만, 번필드가의 규모쯤 되면 매일같이 누군가가 공적을 세운다.

큰 싸움에서 영웅적인 활약을 하지 않는 한 대대적인 서훈식이 거행되는 일은 없다.

영주──리암 세라 번필드가 굳이 모습을 보이는 일도 없었다.

다소는 형식을 갖추지만, 사무적인 서훈식이다.

그래도 훈장을 받는다는 것은 기사나 군인들에게 있어서 명예로운 일이다.

서훈식에 참가하는 엠마는 오랜만에 기사 예복을 입고 저택에 왔다.

왔는데…….

"여긴 어디야아아아?!"

……너무 넓은 저택에서 미아가 되었다.

저택이라 불리고 있어서 착각하기 쉽지만, 번필드가는 성간 국가인 알그란드 제국의 백작가다.

영지는 행성을 몇 개나 소유하고 있으며 제국 귀족 중에서는 상위층인 대귀족으로 분류되어 있다.

그런 번필드가의 저택은 도시라 불러도 이상하지 않은 규모였다.

지리에 대한 지식이 없는 대도시에서 헤매고 있는 상황이나 마찬가지다.

울상을 짓고 단말기를 조작하여 목적지인 서훈식이 진행되는 건물을 찾았다.

길 안내를 시작했지만, 최단 루트는 공사를 하고 있어서 사용할 수 없었다.

"잠깐 견학한다고 딴 길로 새지만 않았으면……."

머리를 싸맨 엠마는 이대로 서훈식에 지각하면…… 이라는 생각을 하고 떨었다.

기사가 서훈식에 지각하는 건 용납되지 않기 때문이다.

엠마가 난감해하고 있으니 지나가려고 하던 메이드복 차림의 여자가 걸음을 멈췄다.

검은 머리카락에 빨간 눈동자를 가진 메이드는 엠마를 보더니 말을 걸어왔다.

"곤란하신가요?"

"네?"

◇

"이야~, 살았어요. 이제 서훈식에 시간 맞춰서 갈 수 있어요."

"그거 다행이네요."

길거리에서 메이드의 뒤를 따라서 걷는 엠마는 신기해서 주위를 두리번거리며 봤다.

"그건 그렇고 저택이 넓네요. 이렇게까지 넓을 필요가 있을까?"

소박한 질문을 하니 메이드가 담담하게 대답해줬다.

"번필드가는 백작가니까요. 그에 걸맞게 겉을 꾸밀 필요가 있습니다."

알그란드 제국의 백작가…… 하지만 엠마에게는 까마득한 이야기다.

저택이 너무 넓은 이유는 이해가 돼도 스스로 납득할 수 있는지는 다른 문제다.

"좀 더 작아도 괜찮을 것 같은데."

엠마의 솔직한 감상을 듣고 메이드가 멈춰 서서 뒤돌아봤다.

엠마는 한순간 실례되는 말을 했나 싶었지만 메이드에게서 화난 기색은 보이지 않았다.

"주인님도 같은 말씀을 하셨습니다. 너무 크게 만들어버렸다고."

"주인님? 메이드 분의 주인님을 말하는 거죠?"

"네. 저희를 귀여워해주시는 다정한 분입니다."

엠마는 메이드의 주인이 저택 안에 살고 있다는 말을 듣고 생각했다.

(저택 안에 사는 높은 사람의 메이드 분인가? …… 어라?)

그리고 이제야 메이드의 노출된 양 어깨에 각인이 있다는 걸 깨달았다.

(이 사람…… 로봇이야.)

엠마의 반응을 보고 메이드 로봇도 알아차린 듯했다.

오른손으로 건물을 가리켰다.

"저기가 서훈식을 하는 건물입니다. 이 길을 따라가면 문제없이 도착할 겁니다. 그럼, 실례하겠습니다."

머리를 숙이고 떠나가는 메이드에게 엠마는 황급히 감사 인사를 했다.

"저, 저기! 감사합니다! 전 엠마예요. 엠마 로드먼이에요."

자기소개도 하자 메이드가 멈춰서서 돌아봤다.

고개를 약간 갸웃했지만, 금방 자세를 바로잡고 치마 양 끝을 잡고 살짝 들어 올리며 한쪽 다리를 굽혀 인사했다.

"정중한 인사 감사합니다. 전 『이부키』입니다."

자세를 되돌린 이부키는 희미하게 미소 지은 것처럼 보였다.

"특이한 이름이네요."

"네. 하지만 주인님이 붙여주신 소중한 이름입니다."

"소중한 이름이군요."

"네. 그럼 엠마 님── 앞으로의 활약을 응원하겠습니다."

그렇게 말하고 미소 짓는 메이드 로봇 이부키는 등을 돌려 떠나갔다.

그 후, 지각은 면했지만 아슬아슬하게 도착한 엠마는 팀 대령에게 잔소리를 들었다.

후기

『나는 성간 국가의 영웅 기사!』 1권을 사주서서 정말 감사합니다. 작가인 미시마 요무입니다.

제목과 표지를 보고 『어라?』 하고 생각한 독자분도 있을 것 같은데, 이 작품은 제 작품인 『나는 성간 국가의 악덕 영주!』의 외전 작품입니다.

처음엔 서적화를 생각하지 않았고, 인터넷에 투고하기만 하는 작품이 될 예정이었습니다.

제목도 『나의 악덕 영주님!!』으로 짓고, 본편과 마찬가지로 이 작품도 가벼운 마음으로 쓰기 시작했습니다.

본편에서 다 쓰지 못한 부분을 어딘가에서 쓰고 싶다── 그렇지, 외전으로 투고하자! 라는 마음으로요.

외전 작품이긴 하지만 이 작품만으로도 재밌게 읽을 수 있도록 의식해서 쓰고 있습니다.

작풍도 본편보다 더 흙내 나고, 한 걸음 한 걸음 성장해 나가는 여주인공 엠마.

──그런 작품이 설마 했던 서적화.

그리고 본편 6권과 동시 발매(*현지)될 줄은 몰랐습니다(땀).

하지만 이렇게 책으로 나온 것도 독자 여러분 덕분입니다.

앞으로도 열심히 할 테니 부디 응원 잘 부탁드립니다.

無自覚に激レアアイテムを持ってる人

*자각 없이 초희귀 아이템을 가지고 있는 사람

今後ともよろしくお願いします。

☆ 高峰ナダレ ☺

*앞으로도 잘 부탁드립니다. ─ 타카미네 나다레

I AM THE HEROIC KNIGHT OF THE INTERSTELLAR NATION Vol.01
©2022 Yomu Mishima
First published in Japan in 2022 by OVERLAP, Inc.
Korean translation rights reserved by Somy Media, Inc.
Under the license from OVERLAP, Inc., Tokyo JAPAN

나는 성간 국가의 영웅 기사 1

2023년 05월 15일 1판 1쇄 발행

저 자	미시마 요무
일 러 스 트	타카미네 나다레
옮 긴 이	박정철
발 행 인	유재옥
본 부 장	조병권
편 집 1 팀	김준균 김혜연
편 집 2 팀	박치우 정영길 정지원 조찬희
편 집 3 팀	오준영 이해빈
편 집 4 팀	박소영 전태영
라이츠담당	김정미 맹미영 이윤서
디 지 털	김지연 박상섭
미 술	김보라 박민솔
발 행 처	㈜소미미디어
인쇄제작처	㈜코리아피엔피
등 록	제2015-000008호
주 소	서울시 마포구 토정로222, 403호 (신수동, 한국출판콘텐츠센터)
판 매	㈜소미미디어
마 케 팅	박종욱
영 업	박수진 최원석 한민지
물 류	허석용
전 화	(02)567-3388, Fax (02)322-7665

ISBN 979-11-384-7850-2 04830
ISBN 979-11-384-7849-6 (세트)